FLORET

READING

小花阅读

我们只写有爱的故事

青春阅读　幸得相见

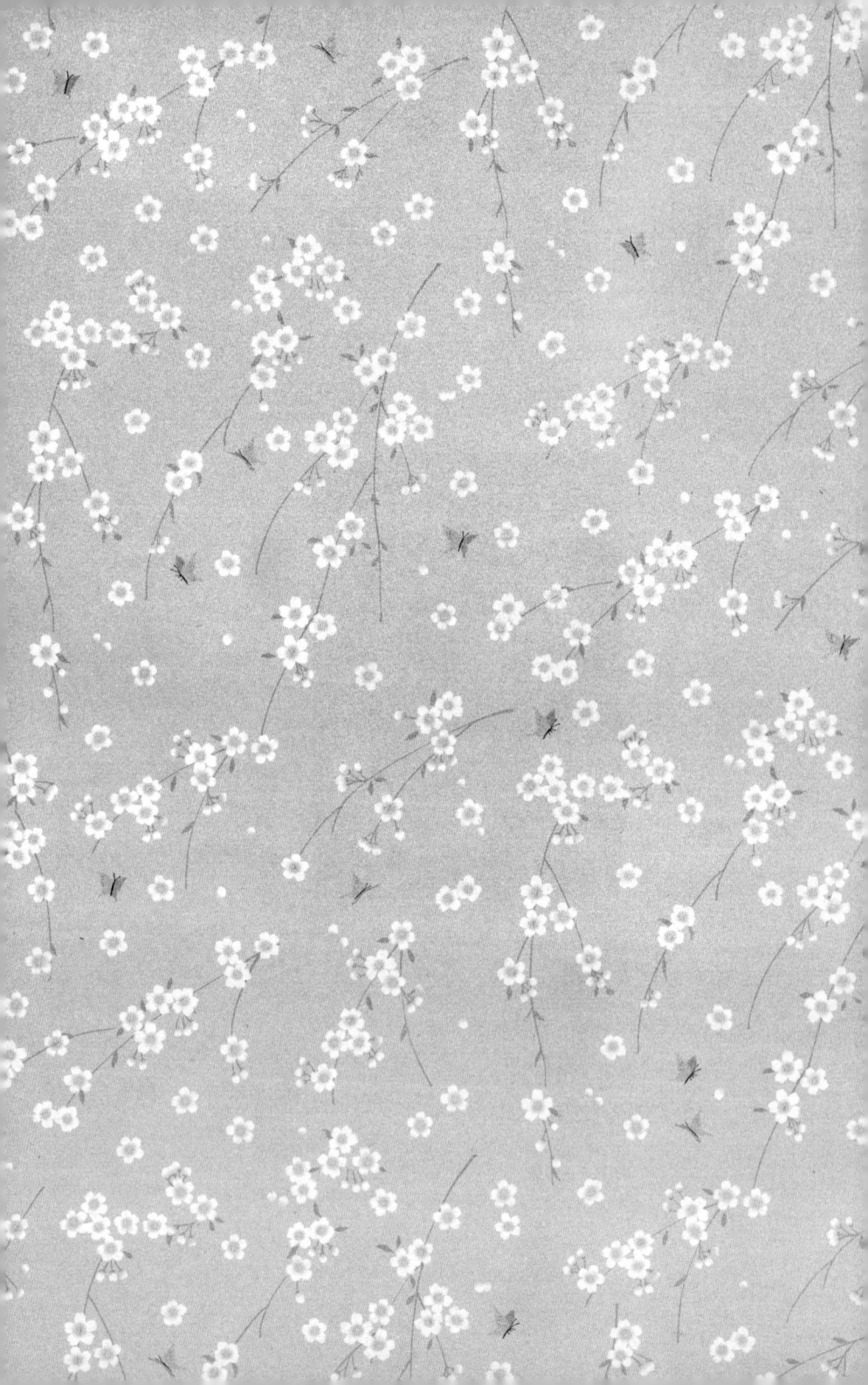

－ 春风集 －

系列 03

打伞的蘑菇 | 小花阅读签约作者

喜欢一些莫名其妙的东西并且致力于带偏周围所有朋友的审美，
擅长一本正经地胡说八道。
梦想有一天能考到蘑菇鉴定资格证，做世界的蘑菇 king。
伙伴昵称：伞哥，伞伞

个人作品：《小幸运》《盗尽君心》《四海为他》《仙泣》
即将上市：《深爱如长风》

WOYUANRENCHANGJIU

春风集

我愿人长久

打伞的蘑菇 著

因为你在那里，哪怕这场追寻永无止境，
我也会准确无误地找到你

花山文艺出版社

小 花 阅 读

【春风集】系列 01

《春风集 · 森林记》

晏生 著

标签：温暖治愈｜首本青春心动故事书｜12 次怦然心动

内容简介：

小花阅读人气作者晏生，在温软时光里，献上她收集的所有怦然心动。

12 次他与她的遇见，12 次我喜欢你。

全书包含《森林记》《蝉时雨》《你与时光生生不息》《陈塘夜话 · 颐宁》等 12 个精彩故事。

有爱片段简读：

他有一次感冒，躺在床上休息，有人轻吻他的脸颊，微凉的温度印在唇角。他忍住笑意，不敢睁开眼睛，怕吓坏他的小姑娘。

他装睡，听她在床头背诵情诗，和风送来沉醉的花香。

"长日尽处，

我来到你的面前，

你将看见我伤疤，

你将知晓我曾受伤，

也曾痊愈。"

我知晓你曾受伤，想护你痊愈。

而我爱你，岁月永恒，天地希声。

——《来时雪覆青桉》

小 花 阅 读

【春风集】系列 02

《春风集 · 摘星星的人》

姜辜 著

标签：文艺又美好 | 我们的世界甜甜的 | 少女情怀总是诗

内容简介：

小花阅读人气作者姜辜，精心收纳十三份明亮而美好的故事。
最温暖的呼唤与最美好的期待。
世界这么大，我却独独喜欢你。
全书包含《微风与春水》《寻人启事》《不见不散》《摘星星的人》
等 13 个暖爱短篇。

有爱片段简读：

纪柏舟，那一刻，我没有办法不对你动心。
以至于后来，我都梦到过很多回这个场景——
狭窄的巷子里，你背对着夏末秋初的阳光，空气中好像还残留着全麦吐
司的香味。
你站在我面前，向我伸出你的手，它匀称好看，经脉微凸，年轻有力，
你将它伸到我的面前，然后你问我，走吧？

走。纪柏舟。我走。
天涯海角，我都跟你走。

——《写给你的一百封信》

小 花 阅 读

【春风集】系列 03

《春风集 · 我愿人长久》

打伞的蘑菇 著

标签：致青春｜爱情童话主题书｜11 次全力呼唤的我喜欢你

内容简介：

小花阅读人气作者打伞的蘑菇，首本清甜爱情短篇集，内含 11 个细水长流的心动故事。

关于青春岁月的那些偷跑的心跳和没能说出口的"喜欢你"，给出的一次美好结局。

全书包含《八千里路云和月》《十三亿分贝》《我愿人长久》《爱不可及》等 11 个优秀故事。

有爱片段简读：

何遇抓着她的手，渐渐变得透明的手，渐渐变得透明的身体，他忽然记起来，在他漫长而孤独的一生中，好像总能梦见一个人，透明的，存在于他的生命里。

她是听夏。

听夏伸手抚上他的脸，眼里的光一点点地变淡："我来到这个世界，他说我会遇见一个人。"

"然后呢？"何遇的声音有些哽咽，

"然后我爱他，胜过这个世界。"

——《透明人间》

序 /

蘑菇 King 的森林蘑菇汤

现在是 2017 年 3 月 20 日下午三点，北纬 28.12 度，东经 112.59 度。天气挺好的，在下雨。

对于一只蘑菇来说，这种天气的确是不错，况且还打着伞呢。

不过对于我——一不喜欢打伞，二喜欢丢伞的人来说，真的是有些麻烦呢。

所以刚来这里的那段时间，我靠着"大头大头，下雨不愁"这句话淋遍了长沙三月份的每一场雨。

一共二十三场（我瞎编的），当然我头也不大，很小，人在必要的时候总是会一点自我催眠不是？

所以如果有谁觉得我头大，那应该是我催眠起作用了，那样的话我就考虑换专业，当一个催眠师。

好的，当完催眠师回来的我不得不说，在我写这个手记的时候，另外三只在我边上吵死了。

咦？那我为什么不试着催眠一下她们？

那好，我决定首先催眠一下我的同桌姜辜小姐，因为她总是对我的呢子衣另眼相待。

绿色很生机勃勃好吗？我妈妈超级喜欢我穿这件的，她说我穿这件才像她花样年纪的宝贝女儿，大红大绿，缤纷多彩。（: 微笑不然呢，像她一样整个冬天都溺在黑色和灰色中难道就很棒棒吗？

　　对了，告诉你们一个秘密，她真的是喝露水长大的所以住广寒宫，我们住广塞宫，吃土长大的。

　　接着就是全世界最好的琳达（狸子小姐），我希望在我下次赶稿子不小心睡着的时候，她不要再来为我贴心地关上我的房间的灯了。

　　讲实话，我只是小憩一下，我待会儿要起来写十万字的，你懂吗！懂不懂？

　　况且，我们这种欧皇和琳·非酋公主·达是不一样的，我们城里人，喜欢开灯睡觉（端庄地微笑）。

　　哦，晏生，我叫她露露，噜噜噜噜噜噜（不好意思，我唱起了花仙子之歌，要一起来吗）。

　　我要偷偷跟你们说，露·老奶奶·露真的有很新奇的玩手机方式，她明明拥有一张 500 平方米的超贵大床，却选择将自己挤进床缝里？不得不说，瘦子真好。

　　不，你们不要以为我在嫉妒和羡慕，我只有 80 斤，来自姜辜小姐的亲自口述。嘻。

　　最后还要夸一下自己吗？那好吧，最近我很努力地写字（严肃脸），同时烟罗姐和若若梨姐也在很努力地看着我写。

真的是辛苦我的电脑和输入法了，不，我开玩笑的，最辛苦的人反正不是我，答案你们可以在我上一句话里排查一下。谢谢配合。

这一本短篇合集里都是我的小蘑菇，有的是甜的，有的可能有些酸，但是可以保证一定没有毒！所以你们可以放心地一锅端，哦，不对，是一锅煮了。

说到蘑菇汤，你们看过大头儿子和小头爸爸吗？

他们就在森林里煮了一大锅蘑菇汤，还加了巧克力，看起来很香很好吃的样子。

所以你们在煮的时候水能烧热一点吗？本蘑菇 King 有点儿怕冷。

那么最后，谢谢你们这群小仙女啊，奖励一个大仙女姜辜小姐给你们，哦不对，是她的专用露水，独家的哦。

希望你们又美又开心，笔芯！

打伞的蘑菇

我愿人长久

WOYUANREN
CHANGJIU

目　录

001/　　**八千里路云和月**

因为你在那里，哪怕这场追寻永无止境，
我也会准确无误地找到你。

022/　　**十三亿分贝**

我听见的第一道声音，
是你说的那句"我爱你"。

042/　　**我愿人长久**

你是我的喜怒哀乐细水长流，
我愿人长久，却一不小心就到了世界的尽头。

062/　　**一开始只有事故，后来才有故事**

"你怎么在这里？"
"我一直在这里。"

082/　　**全世界唯一的那个你**

全世界唯一的那个人，我选择的是你。

121/　　**透明人间**

我来到这里，他说我会遇见一个人。
然后呢？
然后，我爱他，胜过这个世界。

目　录

143/　　**爱不可及**

你通晓天文地理，明白宇宙的终极奥义，却永远也
不知道，$128 \sqrt{e980}$ 的一半，是 i love you。圆周率
的第 325 位，藏着我爱你。

164/　　**见夏有风**

闭上眼，我看不见全世界，
却看见了你。

184/　　**青灯劫**

若劫起，青灯沉，
即便如此，你也是我的心上人。

209/　　**寂寂春**

四月的春风撩起心头的暖意，
陆花音，你让我等得太久了。

228/　　**在劫难逃**

杨惜初不否认，铄石流金，
她却对一阵风动了心。

八千里路云和月

＼

因为你在那里，哪怕这场追寻永无止境，我也会
准确无误地找到你。

一、我是祝余，野生动物摄影师

秦铮第一次见到祝余，是在卡拉麦里无人区。

那个时候已经是初冬的季节，接天的黄沙被一层白茫茫的雪
覆盖，远处的天边一片橙红色的光，大概是这荒凉中唯一存在的
颜色。

祝余就是这个时候出现的，摄制组的车子碾过积雪，在他们
前面不远停下来。然后，陆陆续续有人从车上下来。

祝余是最后一个，她小心翼翼地抱着摄像机从后车门跳下来。
穿着红色的防潮衣，头发松松地绾在后面。大概是舟车劳顿，看

起来有些没睡醒的样子，茫然又无助的眼神像是林子里迷了方向的鹿。

而秦铮是她的目光周游万里之后唯一能抓住的东西。

祝余看过来。

秦铮想，怎么会是女孩子？他不自觉地皱眉。周穆在旁边笑，小声说："巾帼不让须眉，既然能来这里，应该还不错。"

秦铮双手环胸靠在车上，尾音带着一丝漫不经心："一个麻烦。"

祝余应该是听见了，她走过来。看着懒懒地靠在车上却依旧比她高出半个头的人，好久，她说："秦铮老师，你好。"

老师？比起从她的嘴里说出自己的名字，老师这两个字似乎更让秦铮介意。他淡淡开口，脸上没什么表情："既然知道名字，叫秦铮就可以了。"

祝余抿着嘴，点头，一时之间却不知道该怎么介绍自己。倒是周穆一脸诧异，打破这沉默："小姑娘，你认识他？"

"认识。"祝余说，语气忽然格外认真，"野生动物摄影师，秦铮。"想了想，又补充，"我在去年的国际野生动物摄影展上看到过秦……铮的作品。"

秦铮，祝余在心底默念了一遍。

秦铮似乎并没有注意到她说话间的停顿，只是有些不记得自己参加过这种展了。他没说话，转身打开车门上了车，关门的时候看了周穆一眼，大概是说接到人就可以走了。

周穆会意，点点头。

不过，还有个问题他得弄明白。他将目光移回到祝余身上，问："他一向不怎么喜欢跟人接触，虽然名气在外，但很少露面，所以我很好奇你是怎么知道他就是秦铮的？"

祝余略假思索："摄制组说，这次纪录片的拍摄邀请到秦铮老师，这里只有你们俩不是摄制组的人。"

"那为什么不觉得是我？"周穆调侃。

"因为摄影师的眼睛都是一样的。"祝余透过半开的车窗看着副驾驶上的人，凌厉坚毅的侧脸，还有一双总是藏在镜头后的眼睛，幽暗深邃，她太熟悉了。

周穆有些没明白，祝余又说道："我也是，我是祝余。"和他一样，祝余顿了顿，才说完这句话，"我是祝余，野生动物摄影师。"

周穆笑，若有所思地往车子那边看了一眼，回过头的时候俯下身子靠近祝余的耳侧，意味深长的语气："小姑娘，不要被皮相迷惑，越好看的人总是越危险的。"

祝余往后退了一步，似乎能感觉到从车里投过来的视线，可是看过去的时候，那人只是低着头看着手里的摄像机。

也许只是错觉而已，她定了定神，看着周穆，眼神和语气一样不甘示弱："可是越危险越让人想要靠近不是吗？"

况且，我就是冲着这个来的。

周穆笑了笑，似乎明白了什么，却什么也没有说，只是转过身走到车边打开后座的门，温文尔雅："那……祝余小姐，请？"

二、我来这里，就是代替他乱来的

祝余是在一个星期前接到这个任务的，去卡拉麦里拍一个有蹄类野生动物的纪录片，在摄影那一栏看到秦铮的名字的时候她还有一些诧异，没想到还真的是他。

可是，为什么是他？

祝余坐在后面，一抬头就能看见后视镜里秦铮的脸，他正闭目养神，睫毛覆盖着眼睑下方的一片。

狭小的空间里，祝余只觉得自己的呼吸不自觉地变得漫长。

"祝余？"周穆在喊她。

祝余回过神来，试图使自己的声音听起来正常一点儿："嗯？"

"你以前有来这种地方拍过吗？"

"没有。"

"没有睡在荒山野岭，也没有四处埋伏？"周穆问。

"没有。"祝余说，声音却比前一句要低很多。她之前也听说过，秦铮曾经为了拍一张雪豹的照片，在雪山里蜗居了好几个月。

原来她和他还是不一样，祝余想。

秦铮缓缓睁开眼，恰好和后视镜里的一双眼睛相遇。被看穿的人微微一僵，移开目光，却忘了自己要说什么。

周穆笑："那还真是个麻烦。"

秦铮示意周穆可以闭嘴了，而余光里的那道身影，好像忽然之间颓败了许多。

麻烦吗？祝余转头看向窗外，一片荒凉的戈壁，没有雪的地方可以看到一些稀稀拉拉的植物，都是已经枯败的锦鸡耳、红柳之类的灌木，很少能看见动物。

她想起来自己要说什么，可是车子却停了下来。

祝余疑惑，周穆耸了耸肩，瞥了眼秦铮，朝着祝余解释道："你秦老师在这里放着东西，我去取一下。"

他说完便下了车，车门关上的那一瞬间，祝余觉得自己的呼吸都停止了。

还是很没用，祝余低着头。

"手指很好玩？"

"嗯？"不知道过了多久，忽然落在耳边的声音让祝余惊了一下，她抬起头，确定是秦铮在说话，定了定心跳，"秦老……"

祝余还是比较习惯这个称呼，秦铮这一次却没有在意，声音低低沉沉："周穆说得没错，如果觉得没法适应这里，现在也可以回去。"

漫不经心的语气，却让祝余心凉了一大截儿。

"这里太危险，不适合你。"

"……"

祝余看着外面，车窗上起了一层白茫茫的雾气，不过还能看见周穆模糊的身影，正在一个凸起的草堆里翻找着什么东西。

她缓缓开口，声音很轻："秦老师，除非你赶我走。"

秦铮从后视镜里看她。

祝余似乎终于找回自己的底气："你说的都是你自己的主观感觉，我能不能适应这个工作在来之前就在心里问过自己好多遍。"

"现在我来了，答案昭然若揭。"对上秦铮的视线，祝余的语气越发坚定，"秦老师，我不是麻烦。我和你一样，是野生动物摄影师。"

秦铮没再说什么。过了好久，祝余看着周穆抱着什么回来的身影，才听见秦铮有些慵懒的声音——

"既然这样，就叫我秦铮吧。"

她看着他，没来得及说话。周穆打开车门，将手里的东西朝着秦铮一丢，叹了一口气："幸好不是你。"

周穆给秦铮的是一个被伪装过的摄像机，只是镜头已经碎得不成样子，机身也有些残破。里面的东西不知道还在不在。

周穆坐进来，系好安全带，眼神比起刚刚和祝余说话的时候认真了许多："如果照你的意思，躺在那里的是你，现在被踩碎的应该是你的脑袋。"

他们比祝余和摄制组早到两天，当时秦铮在车上看见蒙古野驴，立马忘了自己只是特邀协拍，在土墩子里潜伏了一天，直到第二天周穆说要去接人，才把他从土墩里拉出来。

不过，那个时候他才知道，秦铮肯出来，是因为小腿被动物踏伤，不得不出来。并不是因为给摄制组面子，特地去接他们给配的摄影师。

秦铮翻了翻摄像机，扔在一边，有些疲惫地靠着座位。

"没拍到？"周穆问。秦铮"嗯"了一声，嗓音很沉。

"用伪装过的摄像机进行无人拍摄只适合一些特定环境，比如说水边，或者食物多的地方，特别是对于这些总在迁移的有蹄类野生动物，只有当他们停下来喝水进食的时候，才能拍到一些特写的画面，否则只是一团乱麻。"

祝余的声音缓慢而平静，秦铮眼神极淡地瞥了她一眼。而周穆似乎才意识到后面还有她的存在，转过身来，目光充满考问。

"我的个人想法而已。"祝余说，"是我的话，我选择和秦老师一样，自己来拍。"

周穆笑："那正好。"

"嗯？"

"你跟着秦铮，正好。"周穆发动车子，"你俩都是喜欢乱来的人。"

祝余没有反驳，她很同意周穆的这句话，却没有说，他喜欢乱来，而我来这里，就是代替他乱来的。

三、他在这里，我就不会走

代替他乱来，在祝余看来，就是挡在她前面，首当其冲。替他做危险的事，帮他解决不必要的麻烦。

这是周穆的想法，恰好也是祝余的想法。

不巧的是，秦铮除外。拍摄前一天晚上祝余才知道，他一开始就是打算撇开摄制组所有的人自己来拍，至于她，只是周穆一厢情愿的安排而已，也是他排除在外的累赘。

戈壁的天气很冷，到了傍晚气温又低了许多，祝余没做什么准备，抱着摄像机亦步亦趋地跟在秦铮后面寻找着最佳摄制点。

冷风吹过来只能靠打寒战回暖，她索性停下来，看着不远处似乎是两只落单蒙古野驴。

祝余觉得他们就像那两只动物一样，不，它们至少还知道依偎在一起取暖，而秦铮自始至终都没有跟她说过话。

"秦老师。"祝余忍不住叫他，秦铮没有应。

"秦铮。"祝余又叫了声。前面的人终于肯停下来，他说过，叫秦铮就好。她总是不记得。

秦铮回过头，看着女孩子被风吹得通红的脸，皱了皱眉，说："回去。"

祝余愣了一下，心虚却又理直气壮："我不记得怎么回去。"

究竟是不记得，还是赖着不走，祝余选了第一个借口。

秦铮眼光深邃，声音却轻轻浅浅："那为什么要来？"

秦铮并不是问她，所以她也不用回答。况且，她也没办法回答这个问题。

秦铮走过来，停在祝余面前，将围巾脱下来绕在她的脖子上，缠得只露出一双眼睛，又抓过她的手，将自己的手套脱下来给她戴上。

祝余原本就戴着手套，只是手上一直没什么感觉。秦铮抓住她的那一刻，她才觉得有突如其来的温热将自己裹住。

"秦铮。"祝余的声音被压得透不出来。

秦铮没有去听她在说什么，握着她的手没有放开，说："我送你回去。"

祝余想问，你是不是觉得我是个累赘，刚刚的咄咄逼人只是嘴上说说而已。

不过她想，秦铮应该不会回答这个问题，他只会说，我送你回去，意思应该就是，回去了就不要再来了。

那天晚上祝余没有睡，她从睡袋里探出一个头，看着外面模糊的身影。秦铮靠在车子上，月光在他身上镀了一层白白的边，像是虚化过的照片，有些不真实。

而她擦干玻璃上的水雾才看清楚，他在抽烟。白茫茫的雾气在他的呼吸之间缭绕得恰到好处。祝余想，摄影师不该抽烟的。

秦铮似乎注意到她这里的动静，目光看过来，隔着一层玻璃对视。祝余心里一颤，她索性钻出睡袋。

可是从车上下来的时候，秦铮已经不在了。

他还是不肯带她一起。祝余拢了拢身上的衣服，朝着他刚刚站过的地方走去，迷蒙的灯光下只剩一丝淡淡的烟草香味。

车窗摇下来，是周穆，睡眼惺忪地看着祝余。

"怎么是你？"没等祝余回答，又恍然大悟，苦笑一声，"他呢，又一个人跑了？"

祝余点头，有些失落。

周穆仰头靠在椅靠上，语气有些无奈："他一直都是这样，喜欢夜深人静趁人不注意的时候潜伏到据点，全世界都找不到他，以为他死了的时候，他又回来，带着一张，或者两张照片风靡整个摄影圈。"

他看着祝余，说："秦铮这个人，该有人管管了。"

祝余无言，假装不懂周穆的意思，却被他立马戳穿。

"祝余小姐，喜欢他的人很多，但是能放弃全世界追到这荒山野岭的，只有你一个。"

祝余脸上丝毫不见被看穿的窘迫，她垂头踢着地上的泥土，笑道："你说错了。"

周穆不解。祝余抬起头，看着一片片云渐渐拢住所有的月光，她想，我来这里，不是放弃全世界，而是准备拥有全世界。

"嗯？"周穆等着她说下去，她却只是笑笑，"没什么。"

"祝余小姐。"沉默之后，周穆的声音有些突兀，他看了看祝余，"其实他也不是觉得你麻烦所以抛下你。"他顿了顿，似乎有些犹豫，"他可能只是怕没法保护好你。"

"秦铮曾经的搭档，在一次拍摄中因为意外……死了。那以后他就总是一个人了。"

祝余低着头看不出什么表情，她很早以前就听说过这件事。

那个时候她刚好快大学毕业，野生动物摄影师一时之间成了众人敬而远之的职业。

可是她却刚好相反，因为这件事选择了这个职业，所以现在才会拿着摄像机出现在这里。

"我知道。"祝余说，"你不用疑心我只是一时兴起，他在这里，我就不会走。"

四、祝余是一种花的名字，吃了就不会饿，所以你要不要吃了我?

祝余出现在秦铮的镜头里的时候，他吓了一跳。

他有些分不清现在是上午还是下去，镜头里的野驴和一些盘羊正在安静地觅食，而他正在捕捉属于它们的每一个动作和表情。

镜头缓缓移动，直到平整的荒地上一垛突兀的枯枝堆，他忽然看见出现在镜头里的另一个镜头，长筒从杂乱的枯枝里伸出来，有一种掩耳盗铃的感觉。

祝余。

他一眼就认出了她，他分了神，她却比他还要认真。

祝余趴在地上，脸上灰蒙蒙的一层，将自己藏在枯枝之中，紧挨着地上的衣服已经被融化的雪水浸透。

而她依旧一动不动，小心翼翼地转换角度调整光圈，棕色的玉带海雕扑棱着翅膀朝着她飞过去。秦铮凝着眉头，心里一惊，却看见海雕停在了她的长筒镜头上。

祝余似乎也没想到，微微抬眼，嘴角一抹向上的弧度，她笑了，眼睛很亮。而那一刻秦铮刚好看见天边的第一颗星星。

可是，她怎么还笑得出来。

玉带海雕忽然张开翅膀，一瞬间，本来安静的野驴群受到惊吓，开始胡乱地狂奔。眨眼之间，苍凉的戈壁上如同出现了一场海啸。

祝余表情僵住，她只觉得地面都震了起来，耳边呼啸的声音以及啼声仿佛随时都会将自己淹没。

会被踩死吗？祝余很确定，不会的。

腕上忽然传来一股力道，将自己从地上拉了起来。

秦铮。

祝余看着秦铮的眼睛，听见他的声音沉沉地落在自己的心上。

他说："跟我走。"

祝余觉得，这个世界上没什么比这三个字更让她死心塌地了。

跟你走，有了索骥之图，也有了尘埃落定。不过，有了这一切也不及有一个你。

风声过境。夜幕渐渐拢上来，偌大的戈壁又变得空空荡荡，只剩雪上杂乱无章的蹄印。

秦铮停下来，看着她脏兮兮的脸，湿透的外衣，他问她："为什么在这里？"

祝余看着他的眼睛，反问："你是在问，我为什么会找到你吗？"

秦铮皱着眉，他相信她完全叮以靠自己的分析判断确定这些群居动物的生活习性以及行动范围。

能找到他，是理论知识。他不觉得奇怪，奇怪的是，她为什么在这里，轻易地弄乱他的情绪。

以前他一个人的时候，从来没有害怕过这些突发状况，哪怕是被奔走的野马踩断了腿，又或者是近距离拍摄猛虎，他都可以做到心如止水。

可是现在，他听着自己胸腔沉沉的声音，他很明确地知道，这种情绪叫作，惊惶不定。

祝余看不出来秦铮在想什么，她笑了笑，藏在心里很久的话终于说了出来："秦老师，你是不是觉得我给你添麻烦了？"

秦铮没说话。祝余却举起手里的摄影机："可是我也拍到了有用的画面，人总是不断成长起来的，我确定这一次拍出的东西要比上一次好，所以我也保证，下一次一定不会出现这种意外。"

如果秦铮拒绝的话，他应该会说，没有下一次。这是祝余留给他唯一的否定方式。可是他没有说，只是微微皱着眉，低声道："你比我想的还要麻烦。"

他说着，将自己的衣服脱下来，换下她身上的湿衣服。

祝余松了一口气，低着头掩不住嘴角的笑意。

那一晚格外漫长，祝余跟在秦铮的后面，顺着他的脚印往前走。

她没有问他要去哪里，只是想，原来曾经的那么多个夜晚，他都会一个人走在这样荒凉的路上。没有尽头，也没有源头。只是顺着天际，一直往前走。他会不会觉得寂寞？

秦铮回过头，问她："饿了吗？"

祝余说："不饿。"想了想，又说，"因为有人告诉过我，祝余是一种花的名字，吃了就不会饿，所以你要不要吃了我？"

秦铮没有笑，看着她的眼睛比夜还要深几分。

祝余张了张嘴，漫到唇齿间的话还是没有说出来，为什么在这里呢，她想告诉秦铮，因为你在那里，哪怕这场追寻永无止境，我也会准确无误地找到你。

五、而最后，你终究成了她心上人的样子

秦铮对睡眠的需求少得令人匪夷所思。

祝余是看着他的背影睡着的，醒来的时候他还是一样坐在那里，甚至连姿势都没有换过。

祝余坐起来，抱着腿，下巴搁在膝盖上，就这样静静地看着他。

她大学的时候听过一种说法，如果在身后悄悄地看一个人，只要全神贯注然后在心底默念回头，回头，那个人便真的会回头。

秦铮回过头，对上她的目光，将她的仓皇尽收眼底，相顾无言。

秦铮清了清嗓子，问："睡好了？"

"我……睡了多久？"

秦铮看了看天色："两个多小时吧。"

两个小时，算上昨天徒步走了大半夜，现在已经快天亮了吧。

她站起来，拍了拍身上的尘土，问："那我们现在去哪里？"

"我看了你昨天拍的东西。"秦铮忽然开口。祝余一时间心跳如雷，像是小学的时候等待老师发考卷的心情，既害怕，又期待。

秦铮看着他的表情，忍不住笑了一声，才说道："挺好的。"

祝余愣了愣，好久，才发现这是秦铮第一次对她笑。她心里仿佛有一阵风，吹开了掩月的云，内心的窃喜不言而喻。

秦铮走在前面，回过身来叫她："不走？"

"走。"

祝余跟上来，走在他的身边，偶尔侧过头去看他，欲言又止的模样，想说的话却不知道什么时候告诉他才好。

在祝余第十次准备开口的时候，秦铮却停了下来，眼神凌厉地看着远处的某一处。

祝余顺着他的目光看过去，一览无余的平地上，枯败的灌木丛旁，有两只污白色的野兽，像是牛，又像羊一样有细长的角，琥珀色半透明，由颈部沿着脊柱到尾基有一条深褐色的背中线。

"这是……"祝余有些诧异，看向秦铮。他似乎也有些意外，凝着眉头，已经举起相机，拉近了焦距仔细看："应该没错，是高鼻羚羊。"

"高鼻羚羊……可是……它们不是已经灭绝了吗？"

秦铮将祝余拉到一棵树后，尽量将自己掩藏起来。两人靠得极近，祝余觉得他的呼吸似乎就在耳边。

"所以，我们发现了已经灭绝的动物。"

"是吗……"

可是即便如此，祝余也没办法将自己的注意力从眼前的人身上移开，稍稍抬头便是他坚毅的下颌线，明明是整天趴在野外拍摄，皮肤却比她的还要好。

秦铮低头，唇几乎要碰到她的额头："你在看什么？"

祝余试图使自己看起来镇静点儿，她说："看一个专业的野生动物摄影师是怎样用眼睛捕捉自己的镜头里的猎物的。"

秦铮表情却忽然格外认真，他双手握着她的肩膀，看着她的眼睛："祝余，顺着你身后的那条路往前走，周穆会过来接你。"

"你什么意思？"祝余忽然心慌，看着他后面的两只高鼻羚羊，"那你呢？"

秦铮没有说话，可是祝余也知道了，她闻到了空气里不属于这里的味道，硝烟的味道。所以，这里有盗猎者？

他们的目的是什么？这两只本来已经灭绝的高鼻羚羊，还是其他的动物？

所以，秦铮又想干什么？他只是一个野生动物摄影师而已。

"秦铮，我可不可以不走？"

"不可以。"秦铮顿了顿，放缓了语气，"你在这里，我会分心，我没办法掌握自己的情绪，会觉得不安，会怕……没法保护你。"

"我不需要你保护我。"

“你需要。”秦铮说，“我救了你两次，不会再有第三次了。”

祝余忽然愣住了，看着秦铮的眼睛，喃喃问道：“你是不是早就知道，是我？”

那个五年前参加野生动物摄影集中训练营，在山上迷路被你找到的女孩子，她见到你的第一眼，哭红了眼睛，却只会说“秦老师，我饿了”。

你塞给她一块压缩饼干，问她，你叫什么名字？

她说，祝余。

然后你笑，祝余是一种花的名字，吃了不会觉得饿，下一次要不要试试咬自己一口。

没有下一次了。

那个时候天很黑，你甚至连她的样子都没有看清楚，可是借着那一层白白淡淡的月光，她却拼命地记住了你的样子。

你是秦铮，野生动物摄影师。你是训练营的特邀老师，而最后，你终究成了她心上人的样子。

秦铮没有否认，他说：“是。”

“那你也知道，我为什么来这里？”

“是。”

祝余笑了笑，踮起脚，亲了亲他的唇，说：“你只知道一半。”

你不知道的是，那个时候与你相隔十万八千里的我，因为你在这里，所以拼了命地努力，追逐了一路的云和月，才来到这里。

而你只会问我，为什么在这里。

六、我会找到他，比任何人都要快

祝余并没有跟周穆回去。

他们通知了野生动物保护协会，警察过来得很快。可是秦铮消失得也很快，地域太大，他们找不到秦铮的影子。

而刚刚分别的地方，除了越发浓烈的硝烟味，还有雪地上的血迹，红得刺眼。

刚刚没有的。

祝余的眼神渐渐失了焦距，心里的恐慌不断地撕扯开来。

周穆走过来，"祝余。"他有些戒备地看着祝余，声音像是一声悠长的叹息，"你是不是有什么事情瞒着我们？"

祝余没说话。

周穆看着远处："比如说，你有一个哥哥，也是野生动物摄影师，却在一次工作中因为意外……去世了……"

"他叫余深。"祝余喃喃，"在一次摄影集中训练营作为特邀摄影老师，认识了秦铮。"

"所以……你出现在这里，是因为你哥哥的死……"

"不是。"祝余声音淡淡，却分外笃定，"是因为我喜欢他。

他不是神，没有救回哥哥，我没怪过他，毕竟谁也没办法去怪一
个人不是神。"

　　周穆似乎松了口气，他笑了笑："那正好，秦铮心里一直有
一道坎过不去，所以有一个女孩子他放在心里却一直不敢接近。
直到看见她不知死活地要来这里，才破天荒地接了莫名其妙的任
务，说要来保护她，可是我觉得，他大概是终于忍不住了。"

　　祝余看着某一个方向，眼角酸涩。她从来以为这八千里路是
她一个人的追逐，可是现在才发现，原来你也在路上。

　　所以我会找到你，比任何人都要快。

　　祝余见到秦铮的时候，他正站在一棵树下，衣服上是干涸的
血迹，嘴角还有些淤青。他正看着远处成群的盘羊。

　　祝余站在那里，声音顺着风的方向吹过去："秦铮。"

　　秦铮回过头。祝余已经忍不住了，她飞奔过去，几乎是撞进
秦臻怀里的，带着他往后踉跄了几步。

　　"怎么又回来了？"秦铮有些无奈。

　　"秦铮，如果我说我在这里，是因为我喜欢你，与任何人无关，
那么你呢？为什么要来？"

　　秦铮似乎明白了什么，他轻轻抱住她，想了很久，才缓缓说道：
"因为这里有一个女孩子，是属于我一个人的麻烦，我不想让她
去麻烦除了我以外的任何人。"

祝余退开一点儿："如果她还要麻烦你一辈子呢？"

"甘之如饴。"

"可是现在有一个问题。"秦铮看着她的眼睛。

"什么？"

"祝余，我饿了。"

"所以呢……"祝余红了脸，明知故问。

"所以……吃掉你。"话音未落，秦铮已经吻上了她的唇。

嗯，甘之如饴。

十三亿分贝

我听见的第一道声音，是你说的那句"我爱你"。

一、优秀的女孩子，连胸都是 A

陈分贝是睡得正香的时候被党当当从被子里提出来的。她揉了揉眼睛，晚上十点，而党当当正眼睛红肿地望着她："我们喝酒去？"

"啊？"

"我失恋了。"

"哦。"

半个小时后，两人站在皇家音乐会所门口。

是的，当学校附近所有的 KTV 都只是叫什么激情 KTV、欢唱

KTV 的时候，就有这么一个与 KTV 毫无二致的地方叫着这么别致的名字。

陈分贝觉得，党当当完全是冲这个来的，毕竟她向来觉得自己的名字很有韵律感，将来在音乐界必成大器，所以，这样的名字才配得上她。

可谁知到世界这么小，党当当搞音乐的男朋友，不对，应该是前男友，大概也是这么想的。两人带着各自的朋友好巧不巧地在这个皇家般的音乐会所碰到了一起。

目光相遇，火花四起。

陈分贝本来以为他们要打起来的，可是事实上，两人目光激烈地碰撞一番后，双方一致决定组个局，开了一个包。

于是一场失恋 Party 变成了党当当个人演唱会，她拿着三个话筒站在聚光灯下，把各种情歌歌词咬得肝肠寸断。

陈分贝看不过去，抢过她手里一个话筒，安慰道："党当当，你不要难过，像我们这样优秀的女孩子，连胸都是 A，所以别愁找不到下家。"

党当当想了想，觉得陈分贝的话很有道理。她瞟了一眼坐在沙发上的男朋友，对方也恰好看过米，嘴角一抹意味深长的笑。

陈分贝愣了一下，仰天长叹一口气，这还分个屁啊。

她拿起话筒想唱一首《单身情歌》，党当当拦住她："要不你试试跟那个男孩子认识认识？"

她说的是跟着她前男友一起来的那个男孩子，虽然看起来呆呆的样子，可她宁愿陈分贝被卖，也不想听陈分贝唱歌。

毕竟她从来没有见过有哪一个人可以把一首歌唱成陈分贝那样……伤心劳肺。

可是陈分贝却不乐意了："我唱歌很好听的，要是你觉得难听，我建议你去挂个耳科。"

"闭嘴！"党当当瞪着她。

这个时候沙发上的前男友走上来。陈分贝两边看了看，决定先将这笔账记下来，她走到那个呆呆的朋友旁边，愤然拿起桌子上的一杯白酒，冰凉的液体下肚，她才意识到，这可是酒呢！

二、你好哇，陆枕和

十分钟后，陈分贝趴在洗手间的呕吐区干吼了两声，幸好晚上没吃什么东西。不过，天旋地转的感觉也够她难受的。

她撑在墙上回了回气，觉得自己大概是可以重整旗鼓了，转身准备回去。

可是刚走两步，却撞到一个人身上。

陈分贝晃了晃，头抵在他的胸口，为了防止自己倒下去，还很聪明地抓住了那人的腰，一瞬间，温暖的香气盖住她满嘴的酒味，结实的肉体隔着薄薄的布料，触感好像还不错的样子，她忍不住多摸了两把。

　　她休息了一下，抬起头，分外痞气地笑了笑："帅哥，这边是女厕所哦。"说完，绕过对方往前走去……可是，为什么女孩子都进了前面的男生洗手间？她们是不是疯了？

　　"陈分贝！"

　　迈出去的脚没来得及落地，手腕上一股突如其来的力道又将她拉了回来，她抬起头，看着那人微微皱起的眉头。

　　陈分贝晃了晃头，眼睛里的轮廓渐渐地清晰起来，她笑嘻嘻看着他："你好哇，陆枕和。"

　　可是陆枕和好像并不怎么好的样子，薄唇张合，说道："你在这里干什么？"

　　"唱歌啊！"陈分贝回答得理所当然，怕陆枕和不信，又强调了一遍，"真的，我唱歌很好听的，如果你觉得不好听，那肯定是后期修音的原因。"

　　"跟我走。"陆枕和懒得听她醉言醉语，握着她的手腕往外走。

　　"不要！"

　　陆枕和回头，眼神有些危险："陈分贝？"

　　"干什么？"陈分贝心里有些慌。

　　"跟我回家。"

　　"凭什么？"她看着陆枕和。

　　陆枕和却不说话了，身边的气压骤降。

　　就在陈分贝要妥协投降的时候，陆枕和却叹了口气，缓缓说道："乖一点儿！"

"哦，好的！"陈分贝回答得飞快，态度也是一百八十度转弯。她三步跑到前面，回过头叫陆枕和，"陆枕和，你快点儿啊！"

陆枕和无奈，看着前面小鹿一样的身影，嘴角不自觉地扬起来。

疾驰的车上，陈分贝一直觉得自己忘记了什么。陆枕和偏了偏头："手边有醒酒药。"

陈分贝咂舌："你经常喝酒？"

陆枕和瞥了她一眼，没说话。

陈分贝自讨没趣，可是药刚下肚，她忽然记起来："我忘了党当当了！"

"她带你来的？"陆枕和手握着方向盘，侧过头去看陈分贝。

"她失恋了，我陪陪她。"陈分贝说得一本正经。

车子停在红绿灯前，陆枕和侧头看她："你没有告诉她？"

"告诉她什么？"陈分贝心虚。

良久，陆枕和温柔的手掌盖住她的眼睛，一瞬间，世间万物，归于阒静。陈分贝忽然听不见任何声音。

三、就算这个世界没有任何声音，我还有你啊

陈分贝记不清楚从什么时候开始听不清声音的。

左耳天生听力有缺陷，一天比一天要弱，而右耳则是从记事开始就是完全失聪。到现在，差不多只能靠唇语来看懂人说话了。

不过也好，虽然听不见，但是视觉和嗅觉要比常人好很多。所以身边也没几个人知道她的听力有问题，甚至是跟她住了两年的党当当。

而陆枕和，是她的耳科医生，从小到大的邻居。

这么多年，陆枕和在耳科研究方向获得太多的成就，可是对于她的耳朵，他尝试过很多先进的技术与药物，到最后依旧是束手无策。

不过也没关系，陈分贝觉得这点儿小问题并不会影响到她波澜壮阔的一生。

所以当陆枕和分外严肃地告诉他再试一次的时候，她并没有那种视死如归的表情，那感觉就跟陆枕和要求她再吃一碗饭是一样的。

陆枕和送她到学校，下车的时候，他拉住她："陈分贝。"

"干什么？"

她头一次看陆枕和这么欲言又止的样子，心里一慌："你不会想告诉我，这一次手术不成功，我就要死了吧"

"死倒不会，"陆枕和伸手将她的头发捋到耳后，温热的指尖停留在左耳上，"只是，也许这一点点听力……"

陈分贝松了一口气，抓住陆枕和的手，看着他的眼睛："你在害怕吗，陆枕和？"

"……"

难得有一次看穿陆枕和的心事,陈分贝得意地一笑,眨了眨眼:
"可是我相信你。"

陈分贝没等陆枕和说话,解开安全带跳下车子。她往前跑了
几步,忽然又回过身:"陆枕和,就算这个世界没有任何声音,
我还有你啊。"

她知道的,不管自己走多远,回过头总能看见他的。小小的
窃喜在心底不言而喻。

可是走进校园,她就不这么开心了。

学校附近高高矮矮的墙上、树上到处贴满了有关她的奇怪的
A4 纸。

就跟之前总是看到的那种寻狗启事一样,一张黑白的照片,
她笑得格外灿烂的一张脸,下面一排大写加粗的字体,诠释了失
主内心的焦急与不安。

党当当是不是疯了?她不过消失了一个晚上,没有用手机,
党当当就开始寻人启事了,但是,上面写的什么?

陈分贝,女,A?

A?

A 是个什么鬼!

路边有人停下来,上下看了她两眼,目光最后落在她的胸前。

"你你你……"路人认出了陈分贝,马上掏出手机,"那个,
党当当小姐吗?你的狗,不是,你的人已经找到了。"

　　十分钟后，党当当气喘吁吁地停在陈分贝面前，还没等陈分贝发脾气，便一把搂住陈分贝。

　　"宝贝，你吓死我了！"

　　陈分贝一口气闷在胸口，挣开死皮赖脸缠在她身上的党当当时，脾气已经没了。她退开点儿看着党当当的脸，有些忧愁的表情。

　　"你一夜之间老了好多。"

　　"滚！"姐妹情谊瞬间破灭。可当党当当看着她身后时，才瞬间明白什么，继而又有些懊悔，"我怎么就没想到，你是被陆枕和带走了呢！"

　　陈分贝回过头，陆枕和站在身后，偏着头在看什么。

　　陈分贝一惊，赶着去撕树上的寻人启事，可是已经来不及了。陆枕和的目光扫过她的胸口，脸上带着一丝不怀好意的笑。

　　陈分贝的脸腾地烧起来。

　　党当当在一边觉得辣眼睛，抱着胳膊斜着眼睛看她："全世界没有谁比陆枕和更知道了吧，所以你害羞什么？"

　　陆枕和看起来心情不错的样子，目光又扫过同一个地方："还好，我还挺习惯的。"

　　"陆枕和，你大爷的！"陈分贝扑过去，可是在旁人看来，无疑是送上门的肥肉。

　　陆枕和被撞得后退了几步，手箍住她的腰怕她摔倒，随即低头，只有她才看得懂的唇语——

"陈分贝，你总是让我舍不得走。"

四、我更想和偶像……

党当当自然不会放过宰杀陆枕和的机会，更何况，他们俩刚刚还在她面前上演了那么一出虐狗的情景演出。

可是，党当当叹了口气，没想到自己还会有看着满桌的山珍海味却毫无食欲的这一天。

陈分贝看了眼党当当，又看向陆枕和，桌子底下的脚踹了半天才踹上他的腿。陆枕和抬眼看她。对眼的那一瞬间，她只觉得自己的心跳了好几个来回，她咽了咽口水："那个，你快走吧。"

陆枕和格外优雅地擦了擦嘴："我晚点儿来接你。"

"快走快走快走。"

陆枕和无奈，站起身来，却忽然拉起陈分贝："跟我过来结账。"继而又看向党当当，"下次见。"

党当当分外忧愁地挥挥手："走吧走吧。"

陈分贝被拉走得莫名其妙："结账为什么要我去！"

陆枕和不咸不淡："看看你有多花钱？"

她忽然很想踹陆枕和一脚，可是他却将她拉到了外面的安全通道。

"你想干什么？"陈分贝靠在墙上。

陆枕和笑得优雅："你算不算？"

"啊？"

陆枕和没再继续说下去："手术需要一个多月的时间，我已经跟你们辅导员联系好了，党……"他顿了一下，"党当当那边……"

"我自己来。"陈分贝理直气壮。

陆枕和伸手揉乱她的刘海儿，无奈地笑："那我晚上过来接你。"

陈分贝看着陆枕和离开，准备回去的时候，党当当已经耷拉着脑袋出来了。

回到宿舍，党当当长长地哀号一声，她不否认，谈恋爱的感觉真好，所以现在她忽然有些想念自己的男朋友，不，前男友了。

不过，她向来擅长爱情呼叫转移，比如说，上一刻还在念叨自己的前男友，这一刻就迷上了奥运。

陈分贝站在党当当的身后，看着她一脸痴迷地抱着电脑，长长地松了口气。

党当当回过头来看她："宝贝，我太喜欢这个张柯基了！"

"张柯基？"陈分贝确定自己没有看错，可是，张柯基是谁？不过，她也没有多问，一副语重心长的样子，"当当啊，我觉得，关注运动员，还不如关注运动本身，说不定有一天还可以与偶像同台竞技。"

党当当看着她，似乎酝酿了好久，才有些犹豫地说道："其实，说起这个，我更想和偶像……同床竞技。"

陈分贝想了半天："嗯，跳床这个运动也蛮不错的，就是不知道你年龄合不合适。"

五、给我背上来条龙，展翅欲飞的那种

陆枕和发来短信，陈分贝没敢回。

她看了看四周诡异的灯光还有墙壁上格外具有艺术感的墙绘，也不知道党当当哪根筋搭错了，忽然想来文个身。

陈分贝将手机放在一边，凑到党当当身边："怎么样，选好了吗？文哪个？"

"就这个了！"党当当将手机摊在老板面前，"我要偶像同款！"

老板面色沉重地看了她一眼，想说什么，偏偏陈分贝这个人更来劲："哎，快给我看看还有什么样子的！"

老板拿出一本样图，全是一些小花什么的，陈分贝皱着眉翻来翻去，完全忘记了桌子上的手机这一回事。

刚好党当当坐下来，她看了眼来电显示，陆枕和？

她朝着陈分贝喊了两声，可是陈分贝大概是太投入，根本没听见，她只好接起来。

"在哪里？位置……"不得不说，陆枕和声音真好听。

"在文身店！"党当当几乎是用抢答的速度回答的。

"党当当，你们在文身店做什么？"

党当当这一次没来得及回答，陈分贝的声音便传了过来："老

板，你能不能背上给我来条龙，展翅欲飞的哪一种。"

"手机给她。"沉默良久，党当当听到电话那边冷冷地来了这么一句。

"哦。"党当当将手机递给陈分贝。

陈分贝看党当当的眼神，瞬间明白了，手抖了一下。

陆枕和发来一条信息："你想干什么？"

陈分贝思考了一下，删删改改，最后回道："我想文条龙。"

"不准。"

"关你屁事！"

那边很久都没有再回消息了。

党当当看着陈分贝有些失落的样子，说道："要不，你劝劝陆枕和，让他文一条凤，这样你们可以凑一对。"

陈分贝想了想："我觉得可以。"

话音刚落，文身店老旧的门被推开，陈分贝吓了一跳，不过还好，不，不好，是党当当的前男友，他来这里做什么？

前男友盯着党当当，党当当不甘示弱地看回去。

"你想干什么？"

"你确定不要和我重新在一起？"

这话他刚刚问过一遍，党当当却没想到他这会儿还亲自跑过来了。"我不喜欢你。"

"在一起就喜欢了。"

党当当抱着胳膊："你喜欢吃臭豆腐吗？不喜欢没事，吃了就喜欢了。"

前男友随便拿起一把小刀。

党当当吓了一跳："你要干什么？"

她扑过去，却没有拦住，前男友的刀已经划伤了自己的手指，渗出了一些血珠。

"你是不是疯了？"

前男友一手抓着她的手，得意地笑了。

陈分贝在旁边看愣了，原来党当当都是这样谈恋爱的啊！她忍不住想鼓掌，可是再看门口时，合在一起的手变成了祈祷，陆枕和站在门口，西装革履，长身玉立，与这个地方有些格格不入。

他走过来，陈分贝往后退，居然还敢不知死活地问："那个，你要不要考虑，文个凤凰，我们组个龙凤 CP？"

"不可以。"陆枕和抓住她。

"为什么？"

陆枕和皱眉："我不喜欢。"

"哦，那好吧，那我不文了！"陈分贝叹了口气，"真是大男子主义。"

不过，她喜欢。

六、在她身边，有这么一个人，因为她而成了全世界最好的耳科医生

陈分贝已经不是第一次来陆枕和的医院了，可是每次来，隔壁的那个大妈医生总会抓住她不放："哟，小姑娘，又来了？"

"今年几岁啊，毕业了吗？在哪里工作啊？有没有男朋友啊？"

陈分贝尽量保持着嘴角的弧度，阿姨又说起来，语重心长的样子："这可不行啊，不能老赖在家里啊，你这个年纪该谈恋爱了，再算算也应该结婚了，否则家里可养不起你这么大个闲人哦……像我们家女儿，马上从国外回来了，大概明年就可以嫁给陆医生了。"

"哦，"陈分贝笑得格外亲切，"阿姨，我今年十五，我爸是市长，打算养我到五十五。"

"哎，你这孩子……"

"王医生，你好像很闲的样子。"有一道声音突然插入。

陈分贝看着前面女人僵掉的嘴角，回过头，就知道是陆枕和来了，她跑到陆枕和身边："陆枕和！"

陆枕和按住她的头，扣到自己怀里："我未婚妻。"

女人脸上的表情渐渐僵硬，张了张嘴，悻悻然离开。

陈分贝挣开，看着忽然清静下来的周围："你刚刚说什么了？"

"没什么。"陆枕和拉着她往检查室走。

"你是不是又说我坏话了？"陈分贝忽然想到什么，"你小时候就这样，总跟别人讲我脑袋有问题，所以人家都不欺负我，你刚刚是不是又说我是你们家智障？"

陆枕和停下来，回过身："我什么时候说过？"

"以前！"陈分贝虽然记不清，但是分外笃定。

陆枕和叹了口气，陈分贝一紧张的时候，就会胡言乱语。

他看着她，握着她的手渐渐填满指缝，十指交握。

"乖，我在这里，不用担心。"

陈分贝不再反驳了，只是低着头，尽量让自己脸红得不那么明显。

一系列的检查完了，陆枕和开了个小会，大概是召集一些国内外的医生讨论着手术方案。

陈分贝坐在外面，透过玻璃看着里面陆枕和认真的身影，以及微微张开的薄唇。

于是，他的声音隔着这么远的距离，一个一个地落在她的心上。

陈分贝很小的时候就没有父母，被表叔收养，住在了陆枕和的隔壁。右耳失聪，左耳听力堪忧，不知道从什么时候开始，这个世界上的很多声音她都听不见了。所以很小的时候，她就要付出比别人多很多倍的努力来看懂这个世界，可是她从来都没有觉得自己有多不幸。

至少她还能看见，在她身边，有这么一个人，因为她成了全世界最好的耳科医生。

陆枕和开完会出来的时候，看见的便是陈分贝慈母一般的笑容。她跳起来跑到她身边："陆枕和，晚上去哪儿吃饭？"

陆枕和脱下外面的衣服，将文件放在桌子上，低下头默默地说："去你爸家吃饭。"

"啊？"

陈分贝以为，ni ba jia 是一个酒店的名字，便也没多想。可是，当车子停在一片高档小区的门口，她就觉得有些不对劲了。

陈分贝又问了一遍："我们……去哪里？"

陆枕和没说话，陈分贝下了车，便看见五十多岁却依旧风度翩翩正气凛然的男人站在前面，脚下立马跟绑了千斤石一样。

这……这个人她怎么可能不认识，党当当前一段时间还粉过他，说是她见过五十岁里面最帅气的男人，最帅里面最有成就的男人，本市的市长先生！

可是……她看向陆枕和，忽然之间仿佛被什么击中，市长先生，好像，好巧不巧，也姓陆来着吧。

陆枕和拉起她的手，走上前："我爸。"

"啊，爸？"陈分贝发誓，她真的只是重复，表示疑问，可是陆市长似乎很开心的样子："现在叫，也不晚了！"

"啊，不是不是不是……"陈分贝急急地想否认什么。

陆枕和皱眉："你下午不才说，市长是你爸？"

"我……我乱讲的！"

"我当真了。"

陆市长也不甘示弱："这个爸你可能甩不掉了。"

七、她听见的第一道声音，是他说的那句"我爱你"

陈分贝的手术定在下周末，党当当似乎很不能接受这个事实，抱着陈分贝哭了一晚上。

"宝贝，对不起，我太笨了，居然这么久都没有发现，我是不是智障？你还会回来吗？你要好好的，我……我……"

党当当似乎是断断续续说了一晚上，陈分贝自然是听不见的，可是，手臂上温热的眼泪，却让她觉得格外温暖。

第二天，陆枕和来接陈分贝的时候，党当当的眼睛依然是肿的。

她拉着陈分贝的手，一个字一个字说得很用力："宝贝，你早点儿回来，我们一起再去文身好不好？"

话音未落，前男友一把将党当当揽进怀里，朝着陆枕和道歉："对不起，我这次一定会看好她的。"

"好！"陈分贝重重地点头，又悄悄地看了眼陆枕和，不过这一次似乎没怎么多毛，她有些得意忘形，"那你等我回来，你一定要在身上留一块给我啊，我们一起文一条龙。"

　　"可是，你本来就听不见，充其量做个手术还是听不见，我为什么要这么难过？"党当当回过神来，陈分贝已经被陆枕和带走了。

　　前男友，不，男朋友抠了抠她的脸："因为她是你的宝贝，而你是我的宝贝。"

　　陆枕和将陈分贝塞进车里，无奈道："你什么时候才能把执念从龙那里转到我这里？"

　　陈分贝有些意外："你的意思是，你要我在背上文一个你？"她想了想，"那不行，那样我就看不见你了。"

　　陆枕和绕过车子回到驾驶座，瞟了她一眼。

　　陈分贝偷偷地笑："陆枕和，你知道人为什么只有一张嘴吗？"

　　陆枕和没有回答。

　　因为为了不让自己跟自己吵架，也为了只和一个人接吻。

　　陈分贝趴过去，准确无误地吻上他的唇。嗯，很甜。

　　手术的那一天，陈分贝好像做了一个很长的梦，梦里有陆枕和温热的手掌，还有他淡淡的声音，轻轻敲打着鼓膜，然后落在心上。

　　她睁开眼，陆枕和的轮廓在眼前渐渐清晰，那一刻她觉得，就算下一刻失去这世界上所有的声音，也永远不会失去他的声音。

　　耳边一片沉寂。

　　陈分贝眨了眨眼："你好哇，陆枕和。"

陆枕和鬓角有汗珠滑下来，陈分贝坐起来，轻轻给他擦去。旁边的医生们笑起来："耳朵里戴着仪器呢，最好不要乱动。"

"啊，怪不得这么不舒服。"陈分贝伸手想摸一下，却被陆枕和一把捉住，他似乎比她还要紧张的样子。

"三个小时后再取下来。"

"为什么？"她问。

"因为太贵了，你得多戴会儿。"陆枕和抚着陈分贝从手术台上下来。

陈分贝嘟哝："谁信！"

不过，心里还是暗自窃喜，至于为什么，大概是觉得自己可真金贵。

三个小时后，陆枕和带着陈分贝刚好路过人民广场。

陈分贝远远地就看见了党当当，她嚷嚷着要下车，陆枕和犹豫了一下，将车子找地方停了下来。

陈分贝兴冲冲地往人群里面挤过去，陆枕和一把拉住她。

人来人往，他们站定在那里。

只有陆枕和知道，陈分贝有多害怕，她有太多次的空欢喜，却要假装不在意，可她有多渴望这个世界的声音，只有陆枕和知道。

陆枕和伸手抚上她的耳朵。

陈分贝低下头，极力忍住眼眶的酸涩："陆枕和，没关系的！"

她吸了口气："要是还没好，大不了就是你这个最强耳科医生声名狼藉而已，所以你放心，为了你的前途一片闪耀，就算你骂我我也会装作听得见的。"

"我不会骂你，可是要听仔细了。"陆枕和缓缓靠近她耳边，轻轻摘下她耳朵里冰凉的仪器。

忽然之间，天地一片寂静。他在她的耳边，轻声吐息，下一刻，车水马龙的世界涌入耳朵里，像是黑白的世界忽然有了色彩。

她怔怔地看着陆枕和，好久："你说什么，我没听见。"

陆枕和不说话，浅浅地笑了。

陈分贝却缠上来："你再说一次我就听见了。"

"我不管，你再说一遍！"陈分贝站在原地不肯走，陆枕和却继续往前走，"陆枕和！"

陆枕和停下来，在广场边那个唱歌的小孩子身边，他弯下腰似乎是说了些什么，拿过小孩子手里唱歌的话筒。

人民广场人来人往，每个人耳朵里都有十万种声音。

可是那一瞬间，全世界都听见了那句"我爱你"。

陈分贝笑起来，她也听见了，在十三亿种声音里，她听见的第一道声音，是他说的那句"我爱你"。

我愿人长久

＼

你是我的喜怒哀乐细水长流，我愿人长久，却一
不小心就到了世界的尽头。

一、世上除了她以外都是肤浅

毕业作品展上，程嘉的一幅画卖了三千块。

对于她这种二流大学的艺术系学生来说，本来只是为了应付
毕业的作品，却能意外换来她好几个月的生活费，的确是像何熠
说的，瞎猫碰上死耗子。

毕竟她画的还真是只耗子，耗子死没死她留了个白，只是买
她画的人，难不成真的是只瞎猫？她有些想不明白。

可是班长也只是这么告诉了她，然后将一个信封递到她的手
里。

程嘉掂了掂，分量不轻。

姜黄色的牛皮信封质感很好，背面还印着一轮海上明月，至少她是这么觉得的。她拿起来闻了闻，以为会有什么书墨香，可是除了让人心跳的钱臭味并没有别的味道。

不过已经够了。

她叫住刚准备走的班长："有买家的联系方式吗？"

班长疑惑地看着她，她耸耸肩："我那里还有十几幅画，既然他这么识货，就便宜点儿全卖给他好了。"

莫名其妙，班长扔下一个表情就走了。

何熠气喘吁吁地将二十块画板搬到六楼，走到程嘉面前时，脸色白得跟涂了粉一样。

程嘉得意扬扬地将信封递到何熠手里："有人看上我……"

"哈？"

"……的画了。"

程嘉卖了个关子，何熠舒了口气，递给她一个白眼，拍了拍手上的灰才接过来："这年头还兴这种付款方式？"

程嘉想了想："大概懂艺术的人都比较骚气吧。"

晚上程嘉请何熠吃了个饭，为了感谢他这四年矢志不移地为她搬画板，又或者在她沦为一个穷困艺术家的时候让她没有被生活饿死。

何熠的腿弯了又直，蹲坐在路边的小板凳上，闻着旁边袅袅的孜然香味。

"程嘉，这可是我认识你四年来你第一次请我吃饭呢。"

"第一次请你吃饭就请你撸串，我也是蛮大方的。"程嘉嘀咕着，"本来就想请你吃个十块钱的麻辣烫的。"

何熠无话可说，其实撸串也挺好的，只是萝卜青菜各种素食，还委屈了自己这无处安放的大长腿。

电话忽然响起来，是何熠的。程嘉凑过去看了一眼："陪我吃饭还约着别人呢。"

"大概是找你的。"

果然，是班长打过来的电话。

程嘉打量着何熠这张小白脸，世上除了她以外都是肤浅的，可是她不一样，她更喜欢钱。

"什么事？"她问。

"你买主的联系方式。"

程嘉眼睛顿时亮了起来，一激动便打翻了隔壁桌上的酒肉。她回过头，隔壁桌是一个男人，英俊挺拔的眉眼，二十多岁的样子，一身西装笔挺与这个地方格格不入。

他看着她的那双眼睛，仿佛要把她吸进去似的。

程嘉的脑袋运行了两秒，目光落在他被弄脏的衣服上，心突突突仿佛要从胸腔跳出来。

"你……你好哇。"她尴尬地扯着嘴角，没等那人开口，她便一把抓起旁边的何熠，就这么连账都没结，落荒而逃，或者叫，抱头鼠窜。

程嘉也不知道自己为什么要跑，直到在下个路口停下来的时候，她才意识到自己刚刚干了什么。

何熠在旁边喘着气："你跑什么，我们还没给钱呢！"

程嘉想了想，大概因为他那衣服看起来就价值不菲，她怕自己赔不起。她摇摇头，喘着气有些说不出话来。

何熠的手机又响了一声，是班长发过来的地址。

程嘉看了眼，捂着肚子朝着何熠招手："去讨点儿钱，明天回去把账结了。"

二、两个人喝的才是酒，一个人喝的那可能是中药

程嘉有些不可思议，她又确定了一遍班长发过来的地址。

以为至少是个什么书香世家，哪会想到竟然是歌舞升平的酒吧。

何熠在一旁憋笑："不要难过，这么说来你的画也蛮风俗的。"

程嘉瞪了他一眼，转头就走。

何熠从后面追上来："怎么，不去了？"

"不去了。"程嘉没好气，转头就走。

"那不结账了？"

程嘉气势汹汹地回头："不是还有你嘛！"

　　何熠忍着笑在后面默默跟了一路，直到顺利地把程嘉送回了宿舍，才接起电话。

　　是医院打来的。

　　程嘉在床上辗转反侧了半天，最终还是坐了起来。

　　总不能跟钱过不去吧。她想，就算是酒吧，还不是花钱买自己的画，说不定还能给那些醉生梦死的人送去一点儿艺术的洗涤。

　　她打了何熠的电话，却没有人接。一直到她再次站到这个酒吧门口，何熠的电话还是打不通。

　　她握了握拳头，这酒吧既然能在这么 CBD 的地方开了这么久，应该还是有纪律可言的，否则早就应该被和谐了不是？

　　程嘉觉得自己想得很有道理，顶着月色一脸视死如归地踏进了她眼里的另外一个世界。

　　她真的只是踏出了第一步，便被人流挤到了正中央，仿佛她又多迫不及待挤进去似的。

　　程嘉觉得自己有些喘不上气了。

　　好不容易看到一个小服务生，程嘉又重新燃起斗志，拼命地朝那边挤过去。就差那么一点点，却不知道被谁温热的手掌拉住胳膊，程嘉觉得自己就像被拎老鼠一样从一锅乱粥中被拎了出来。

　　耳边的嘈杂遮不住他厚沉的嗓音，他撑着手将她护在怀里狭小的空间。

　　"小姑娘，这可不是你该来的地方。"

程嘉死命低着头，沉重的鼓声似乎是每一击都是打在她心上的，扑通扑通，过了好久才从牙缝里吐出几个字："谈宋……"

程嘉被带到了一个包厢，一切的杂音顿时被隔绝在外。

谈宋将她按到沙发上，坐到她的对面，像是审判者一样凝视着她。

程嘉觉得整个包厢的空气都凝固了，谈宋是她小时候的邻居，比她大八岁，她从小就喜欢跟在他后面。

谈宋的声音有些低沉："为什么看见我就跑？"

程嘉屄了，知道他说的是上次在路边撸串的时候。其实，那时，她看到他，很想扑进他怀里，说一句好久不见，可是总不能真的扑过去吧，便只有跑了。

见她不说话，谈宋的声音又沉了几分："还有，为什么会来这里？"

程嘉有些顶不住了，转眼换上一张嬉笑的脸："这不是这么多年不见，看你开起了'牛郎店'，过来捧捧场嘛！"

周围的气压又增了几帕，似乎连空气都不敢嚣张。

门口传来一阵骚动，包厢的门被打开，一个穿着极其暴露的酒吧女郎站在门口，声音娇嫩："老板，那边有事您得过去处理一下。"

程嘉抖落了一地的鸡皮疙瘩，谈宋紧盯着她，语气透着警告："乖乖在这里等我回来。"

程嘉闷闷地应了一声，目送着谈宋走出去。

门关上的那一刻，她整个人都瘫在了沙发上，心跳渐渐回归到胸腔。

可是周围的空气里似乎还残留着谈宋的味道，甚至捂住耳朵都还能听见他的声音还在旁边晃啊晃。

程嘉有些烦躁地坐起来，冲到门口打开门，却被门口的男服务员拦住了去路。

"程小姐不好意思啊，老板吩咐了，你就在这里等他回来。"

小姐？程嘉立马想到刚刚来喊谈宋的那个女人，凶巴巴地瞪着他："我才不是什么小姐，叫我程女士！"

男服务员尴尬地点头："嗯，好的，程……女士。"

程嘉关上门，转了一会儿又坐不住了，打开门男服务员依旧站在门口，她气结："现在又不是什么封建王朝，你们老板说把我关在这里就关在这里，你思想怎么这么迂腐！"

男服务员被震得一愣一愣的，好半天都说不出话来。

"算了吧。"程嘉泄了气，并不想为难一个打工小弟，最关键的是，这小弟还有几分姿色，她口气软了下来，"那你拿点儿酒来，我好渴。"

男服务员面露难色。程嘉咬着牙，好言相劝："你们老板既然让我待在这里，肯定是把我当贵宾的呀，我这样的贵宾你不好好招待，你是想被开除吗？"

男服务员点点头，不一会儿便叫人送了些红酒过来。

程嘉并不怎么会喝酒，看着桌子上的两瓶液体也只闻得到淡淡的酒精味，可是她也不知道为什么，心里堵得难受。

何熠的电话也打不通。

她发了条短信过去："何熠，我要被囚禁了你还不出来，再晚你就永远失去你的债主了！"

然后，手机就自动关了机。

垃圾！程嘉低声骂了一句，却也心平气和地给自己倒了杯酒，一杯下肚，她算是有些明白为什么之前何熠总是不让她喝酒了。

她晕晕乎乎地站起来，举着杯子往门口走，一个人喝酒太寂寞了，记得之前何熠就说过，两个人喝才叫酒，一个人喝的那是中药。

能治寂寞这种病，却跟馊了的凉席味一样难闻，所以她得找个人过来一起，例如门口的服务员小哥。

虽然连何熠都比不上，可是也蛮不错的。

况且，凭什么谈宋可以跟着别的女人走，她就不能找男人喝个酒？程嘉想到这个就更气愤了。

她拉开门，兴致高昂："来，小哥，这杯我请你！"

可眼前的人似乎并不是刚刚那个瘦瘦小小的小哥，程嘉愣了两秒，晕晕乎乎地笑起来，扑进对方的怀里，手里的酒水似乎全泼在了他的身上，可是她已经无所谓了。她紧紧地搂着面前男人粗壮的腰身，将头埋在他的胸口。

他宽厚的手掌轻轻地覆在她的后脑上。

程嘉呜咽了半天才说出话来："谈宋，好久不见，我好像比昨天又要多想你一点儿了。"

三、只要你还年轻，我应该就不会老

程嘉醒过来的时候，看到的是巨大的天花板，上面还有一盏发散型的水晶吊灯。

她思考了两秒，猛地坐起来。

四肢健在、脑袋还在，可是身上的衣服……程嘉满脸惊恐，这可不是她的衣服，明明是个男人的衣服！

她掀开被子跑出去，刚下了楼，便看见谈宋正坐在餐桌边，桌子上的牛奶还腾腾冒着热气，他一手拿着报纸，一身极简的家居服，少了一身锐气。

清晨的阳光照进来，不知道为什么就觉得今天的阳光格外温柔。

程嘉心里忽然涌过一阵暖流，她尴尬地哼了声。

谈宋看过来，目光落在她光着的脚上，起身走过来，将自己脚上的拖鞋放在她的面前："穿上，过来吃饭。"

程嘉看着谈宋穿着袜子又走回去，低下头，郑重地将自己的脚慢慢放进谈宋的鞋里，像是在完成某种仪式般，内心是自己才知道的窃喜。

"还不过来？"

程嘉被吓了一跳，拖着谈宋大大的鞋跑过去，只用了三秒钟。

她坐在谈宋的旁边，顺手拿起他面前的一杯牛奶。

都说认真的男人比较帅，没想到谈宋虽然是个开店的，装模作样地看起报纸来的时候，还是这么迷人。

可是，她还是比较喜欢他画画的样子。

程嘉被自己的想法吓了一跳，她低下头抿着杯子里的牛奶，这才意识到什么，猛地看向谈宋。

"我的衣服呢？"

"吐了一身，扔了。"

"那我身上的衣服……"

谈宋放下报纸，瞥了眼极不该看的地方，一句话也没有。

程嘉却从耳根红到了脖子，支支吾吾半天："你……"

"找保姆帮你换的。"

程嘉觉得牛奶塞到她牙缝里了，甚至才意识到，她的面前有另外一杯牛奶，而她顺手拿的，是谈宋的。

"不过你昨天可是抱着我睡了一晚上。"谈宋的声音云淡风轻。

程嘉却忽然咳起来，差点儿没被呛死，缓了好久才镇定下来："我应该没有对你干什么吧？"

她实在不敢确定自己内心压抑的欲望在得到释放后会变成什么样，不过谈宋现在看起来也没那么两样，所以应该还好吧。

"你问我为什么不理你，为什么要跟别的女人走。"谈宋忽然念起来，就像在读报纸上的文字一样，"还说了自己从离开的那一天开始每天会给我写一封信……"

"够了！"程嘉尖叫，内心仅存的一丝侥幸全部被打翻。她瞪着谈宋，就知道这个人是她的噩梦。

"我说着玩的，谁当真谁是垃圾！"

谈宋笑起来，指着沙发上的纸袋："让人给你送来的衣服。"

程嘉气势汹汹地走过去，抓起袋子爬到楼上。

她换好衣服再下来的时候，谈宋依旧气定神闲地坐在那里，脸上有一丝若有若无的笑。

程嘉瞪了他一眼，硬是从牙缝里挤出来两个字："再见！"

程嘉回到学校后才记起来，昨天去酒吧是找人买画的。

可是既然班长给了这个地址，这个地址的老板又是谈宋，难道……程嘉也不知道脸为什么忽然有些发热。

她远远地看见何熠正走过来，刚准备打招呼的手又放了下来，掉过头往回走。

何熠追上来："怎么了，没吃饱想发脾气？"

程嘉停下来，侧过头盯着他："你昨晚去哪里了？"

"医院。"何熠老老实实地交代。程嘉这才注意到他的脸色白得似乎有些不正常，说好生气五分钟非一顿冰激凌不能解决的决心又崩塌了。

"你怎么了，没事吧……"

何熠耸耸肩："还不是你带我吃什么撸串，肠子全给你吃坏了。"

程嘉咂舌："富家公子果然不一样，肠子都是金子做的。"

何熠笑起来："好了，要不要跟我讲，为什么这么大脾气？"

其实也没什么，程嘉也不知道为什么，总之全怪在谈宋头上准没错，她拉着何熠："要不要去学校南门新开的游乐场去玩玩？"

何熠有些嫌弃："你多大了……"

"可是我们都要毕业了，来不及做的事那么多，还能做的事就抓紧时间做啊！"

何熠看着她，愣了片刻："你指的是去玩碰碰车？

果然，程嘉选了两辆托马斯小车，鬼鬼祟祟地从包里掏出一张照片贴在了车头，

"你干什么……"何熠凑过去，这才看清照片上的脸，是一个大概三十岁的男人，他在程嘉早期的素描里看到过很多次这张脸，喜怒哀乐，直到后来程嘉的很多作品，都摆脱不了这个人的影子。

他也从程嘉的口中听过这个人，是她喜欢了十年的男人，她的博客上，每天一句简单的情话，都是说给这个人。

"谈……宋？"何熠有些不确定，"你找到他了？"

程嘉站起来，拍了拍手上的灰："说出来你可能不信，他现在开店去了，你毕业后要是闲着没事，我可以介绍你进去谋个职，说不定能混得不错。"

何熠嘴角扯着笑："说不定这还是我的梦想。"

程嘉"喊"了一声，拉着他坐上了车："来，你来撞我，就照着车头那张照片撞，不撞烂了我们今天就不回去了。"

何熠无奈，硬是陪着程嘉在一群小学生中间玩了一个下午，而且多半是她像开着飞机一样撞过来。

直到工作人员心疼自己的道具强行把他们赶了出来，程嘉才心不甘情不愿地从车上下来，又小心翼翼地将车头的照片撕下来。

何熠笑了笑，环着胳膊朝着前方递了个眼神。

程嘉看过去，是谈宋，干净利落的眉眼，站在人群之中自带莫名其妙的闪光点，总能让人一眼就看见他。

她迅速地将手背到后面，照片在手心越攒越紧，她看着谈宋慢慢走过来，程序式地咧开嘴："Hi，你好哇。"

程嘉一紧张就只会说你好，谈宋站定在她面前："你紧张什么？"

程嘉一脸被看穿的窘迫："我……"

支支吾吾间，手里的照片已经换到了谈宋的手里，皱得不成样子的纸团在他修长好看的手指间慢慢摊平。

本来想闭着眼等一顿臭骂的，却没想到谈宋将照片收了起来，看着一旁的何熠，声音异常温柔："这是你朋友？"

程嘉"嗯"了声："他是何熠。"

谈宋朝着何熠微微点头："谢谢你。"

"没事。"

程嘉看了眼谈宋，又看了眼何熠，总觉得哪里有些奇怪，好像初次见面不是这样打招呼的吧。

可是还没反应过来，谈宋已经握住了她的手："带你们一起去吃个饭？"

程嘉心里摇起了拨浪鼓，拼命摇头："不要。"

谈宋盯着她，程嘉索性一不做二不休，试探性地看着他的眼睛："要不你把吃饭的钱折成现金给我……"

她明显地感觉到握着她的手的那只手力度大了几分。

何熠笑嘻嘻地走上前来："反正我今晚是不能包养你了，能不能吃上饭就看你自己了。"

程嘉心慌："为什么？"

"我也得去约会不是？"何熠朝她眨了个眼睛，又看向谈宋，"这次就不跟你们一起吃饭了，下次有机会单独带我啊，你知道我跟程嘉在一起从来吃不饱。"

他又看了眼程嘉，接着说道："你们先走吧，我就在这里等她。"

谈宋点点头，半搂着程嘉离开了。

程嘉坐在车上，好半天没有反应过来："何熠，有女朋友了？"

"你介意？"

谈宋一手握着方向盘，另一只手撑着窗子。程嘉看过去，忍着心里的悸动："那又怎么样，你在那样的店里，身边的女人不也是一天一个！"

谈宋微微皱眉："哪样的店？"

"夜店！"程嘉回答得义正词严，语气略带讽刺，"谈老板不知道什么时候能带我去逛逛你们家的店？"

谈宋忽然将车停在路边。

程嘉立马正襟危坐，她刚刚的确有仗着谈宋正在开车总不能在路上对她怎么样的想法大胆出言，可没想到他居然会停下车来。

空气一瞬间凝固了。

程嘉完全没了刚刚的气势，双手握着安全带，看着旁边目光危险的男人，声音似乎都要被吞进喉咙里："谈宋小叔……"

"嗯。"谈宋的声音听不出一丝情绪，似乎在等着她怎么接着说下去。

程嘉忽然抬起头，看着他的眼睛，何熠的话还在耳边来来去去，他说要压住男人的怒气其实很简单……程嘉咬着牙，一，二，没数到三的时候，她便扑了过去，吻上了谈宋的唇。

谈宋显然也有些惊讶。

程嘉退开一点儿，脸红成一片，说话已经有点儿语无伦次，却还是不输气势地喊了句："谈宋，我跟何熠讨论过，我们活着能做的事情本来就不多，所以能做几件便做几件。我觉得这件事我早就想做了，所以年轻人，不要压抑自己的欲望，想上就上，你知道的，我快毕业了，人到某个特定的时候总有一种毁灭世界的冲动，我现在就是……"

说实话，程嘉也不知道自己在说些什么，脑袋似乎要炸开一样，特别是在谈宋又吻住她的时候，她脑子里唯一的想法就是，原来这才叫接吻。

程嘉有些蒙，路上的车辆来来去去，轮胎摩擦地面的声音此起彼伏，谈宋俯在她的耳边："小痞子……"

他从小就喜欢这么叫她，程嘉听着自己的心跳，和他吹在耳边的气息。

"虽然我已经不是像你们一样年轻了，可是……下次换我上？"

你知道的，只要你还年轻，我应该就不会老。

四、你知道什么是嘉言懿行吗？就是程嘉说的每一句话，何熠都会去做

程嘉始终觉得事情发展得有点儿快，尽管她已经对谈宋想过很多年了。难道是谈宋现在年纪上来了想尽快安定下来刚好她又主动送上门了？

她坐在何熠面前，咬着奶茶杯的吸管提出了自己的疑问。

"你是不是傻？"何熠敲着他的头，"你们可是有十年的感情基础在，干柴烈火，自然噼里啪啦的。"

程嘉盯着他："你有女朋友了？"

"啊？"

"是不是分手了？"

"哈？"

"不然你上次说约会了，今天看起来脸色又这么差，肯定又是一个被爱情折磨得死去活来的小男生。"

程嘉语气里透着鄙夷，刚好电话响了起来。她没让它多响一声，便接起来。

谈宋的声音从听筒里传过来，又多了几分醇厚的磁性："在哪里？"

"跟何熠一起呢。"她以为谈宋至少会吃点儿醋，却没想到那边依旧波澜不惊没有一丝语气起伏的扔下"早点儿回来"几个字，便挂了电话。

程嘉捏着电话咬牙切齿："他一定又背着我去瞎混了！"

何熠笑起来："净胡说……"

程嘉站起来："我先过去一下，晚上回来找你吃饭呀！"

何熠眼里闪过一丝异样，却瞬间换上明朗的笑："嗯，我等你啊，"末了又补充了一句，"别让自己掉进去了。"

程嘉始终没想过，那是她最后一次看见何熠。

她找遍了整个学校，直到毕业典礼的那一天他也没有出现。天空一轮孤月，透着瘆人的寒意，她靠在谈宋的肩膀上，像是喃喃自语般："何熠会在哪里呢？"

谈宋握住她的手，试图焐热她冰凉的手掌。

"程嘉，"他看着她，眼里融进了月光，"带你去个地方吧。"

　　谈宋带着程嘉去了城北的一套公寓，很偏的地方，却能看见这个城市最亮的月光。

　　程嘉接过谈宋递过来的钥匙，谈宋的声音有些哑："我可能只能给你半个小时了。"

　　程嘉打开门，月光照着原木色的地方反着白光，熟悉的气息扑面而来。

　　很空的房子，有一只猫从窗台上跳下来，转眼消失在角落的阴影里。她开了灯，整个房间落在她的瞳孔里，光洁的墙壁上被贴满了照片，几百张，大的小的，一路进去，全部都是一个人。

　　生气的、开心的、哭着的、笑着的……

　　每一张的表情都陌生得不像她，她差点儿忘了，何熠是摄影专业的高材生。

　　走到房子的尽头，是一幅画，一只丑陋的老鼠，在月光下饮酒。那个时候她问何熠，这幅画叫什么比较好。

　　何熠揉着脑袋想了半天，过街老鼠？醉我独尊？后来他说，我愿人长久。

　　猫在画下舔着爪子，她侧头看着窗外的月光，阳台上的两件衣服被风吹得晃来晃去，一件是她第一次去酒吧时的那件不知所终的白衬衣，另一件是那一天何熠穿的薄外套，上面还有红酒的印渍。

　　谈宋不知道什么时候走了进来，静静地站在她旁边："何熠他胃癌，晚期。在那之前，他找到了我，为了把你送回来。"

程嘉有些站不稳，顺着谈宋的身体坐在地上。

她低着头，看不清表情，过了好久，才听见她虚幻缥缈的声音："你看到这些照片没有？

"那一张满身泥巴的，是我二十岁生日时我们一起去玩滑翔，我被他推进泥坑里。

"第二张是他二十二岁生日时，他被我拖着去地底探险。

"第三张……"

第三张是她赶画的时候趴在桌子上睡着了，何熠悄悄附在她耳边，他说：我有三个愿望，上天，入地，还有你。

可是她从来不知道。

"程嘉……"谈宋打断了她。

程嘉忽然抬起头，看着谈宋骏黑的眼睛："你知道嘉言懿行是什么意思吗？"

很久很久以前，何熠也问过她同样的问题。

你知道嘉言懿行是什么意思吗？就是程嘉说的每一句话，何熠都会去做。

那我让你等我，你为什么不等？

猫在月光下伸着它的爪子，程嘉看见它压着的信封，姜黄色的牛皮纸，背面还有一轮明月。她拿过来，轻轻打开，仿佛是用尽力气刻在纸上的笔迹。

他说，你是我的喜怒哀乐细水长流，我愿人长久，却一不小心就到了世界的尽头。

可是何熠，世界是没有尽头的，你看，你不是还在这里吗？

谈宋搂着程嘉的肩膀，轻轻拍着她的头。他的声音漫过窗外清冷的月色："三十分钟到了，我们一起带这只猫回家，好不好？"

一开始只有事故，
后来才有故事

＼

"你怎么在这里？"
"我一直在这里。"

一、余念，没时间解释了，快上车！

余念拿着书从教室出来，路过食堂去图书馆的时候，于小虾骑着他那辆巨型哈雷，拐了个弯停在余念的面前："余念，没时间解释了，快上车！"

一瞬间仿佛聚集了路上所有人的目光，余念沉寂了两秒，一书本砸过去："于小虾你神经病吧。"

"哐啷"一声，于小虾躲过了。

可一本读了半年还崭新的《思想概论》却直直地砸向他身后的一个泥塑作品上，仰着头的鱼人，剩了半边身子，鱼头圆圆滚滚地卡在湖边的安全栏上。

余念怂了，左右看了看，拉着于小虾假装蹲在水边看风景。

"于小虾，你为什么要躲呢？"

"我又不落后，为什么要挨打？"于小虾揉了揉自己乱糟糟的头发，回过神来，"等等，余念，这个锅，你不是想甩给我吧？"

余念看着小泥塑上面的小字刻印，"2010级校友捐"，长长地缓了一口气："也不知道是不是什么伟大的校友，不过这位校友要是没有死的话，把你卖了应该还赔得起吧。"

"你怎么知道他没死？"

余念想了想，觉得于小虾说的也很有道理。更何况一般死了的艺术家都很值钱。她权衡了三秒，跑到水边捡起那半个头，转身拉起于小虾就跑："那你还愣着干吗，赶紧跑啊！"

于小虾算得上反应快的，露出一个自认为邪肆的笑，迅速地跨上哈雷，将安全帽递到余念手中："上车！"

余念瞪了他一眼："闭嘴！"

风像棒槌一样打在脸上，余念坐在于小虾的后面，很想声嘶力竭地问一句要去哪儿的。可是想了想，风灌到嘴里整个面部肌肉都被吹到摆动的样子，泄了气。

车子最终停在一个酒店门口，看起来菜还不错的样子。

余念从车子上跳下来，往后退了两步："于小虾你想干什么？"

　　于小虾瞥了她一眼，充分地表达了自己对她毫无兴趣的想法：
"我妈要我过来相亲，想了想，中看又没用可以用来当挡箭牌的，
只有你了。"

　　余念刚想咒骂他一句，却看见他的眼神忽然变得诡异起来，
她说不上来那种眼神究竟是什么，直到她看过去，才明白，那种
眼神，一不小心就会传染的。

　　走过来的女孩子应该是好看的吧。余念没怎么看，毕竟关注
点全在女孩子旁边的那人身上，西装笔挺、眉目如峰，举手投足
之间又有一种淡淡的闲散。

　　两种截然相反的气质却在他的身上融合得恰到好处。好看，
余念偷笑，忽然觉得雕塑砸得好，要不现在自己可能还在图书馆
临时抱佛脚。

　　于小虾在一旁推了推她："余念，说出来你可能不信，我觉
得我找到真爱了。"

　　余念被推揉得莫名其妙，想甩开他的手，却不小心甩成了另
外一边的书包。

　　包落在地上，里面的半只人鱼脑袋滚出来，刚好停在男人的
脚边。两个人的表情僵在脸上。时间仿佛静止了三秒，男人顺手
捡起来，好看的眉头皱了皱，将东西递到余念面前。

　　余念慌忙地接过来，自导自演一出世纪大戏，一口气不带喘：
"说出来你可能不信，这是我一位已故朋友的作品，本来都要跟

着入土的，好不容易私藏了这么半截儿，虽然有些残缺，可正因为这样才显得珍贵。"

于小虾在一旁宛如看智障的眼神看着她。

男人似乎也没明白她在说什么，似笑非笑："你好，我是唐展。"

"我……余念。"

于小虾兴冲冲地朝着面前的女孩儿伸出手："那个……我！"

话没说完，便被一巴掌拍开，女孩子笑得放肆："于小虾，你不记得我了吗，我是唐心啊！"

唐心？于小虾黑人问号脸，我认识你吗？

二、故事都是后来才有的，一开始只有事故

余念坐到桌边才回忆起来，这原本是于小虾的一场相亲宴。

不不不，更应该是一场认亲宴。

怎么说呢，余念侧着头，看着对面气定神闲喝着茶的唐展，视线相对，她尴尬地笑了笑。现在只剩她和唐展两个人了。

半个小时以前，于小虾莫名其妙地回忆起他那寡淡的人生中还曾认识唐心这么一个宛如天仙的仙女，立马就拉着唐心坐上了他的二哈，他说，他要去远方看看他们之间还有什么是没有回忆起来的。

至于自己，于小虾好像完全忘了还有她这么一个人。余念深呼了几口气，内心自动搜索了十万八千句不堪入耳的言语对于小虾进行了心理和生理上的羞辱。

"要吃什么？"唐展声音淡淡。

余念回过神来："哈？"

"哦哦哦，吃鱼吧。"

唐展抬眸看了她一眼，叫来服务员点了几个菜。

余念眼神飘忽，虽然自己也是心甘情愿，可是这顿饭还真的是吃得莫名其妙，而且，这尴尬，简直冲破银河系。

可唐展却似乎并没有这种心情："你好像很……拘束？"

余念猛地抬头，却只敢小声嘟哝："怎么可能，我只是暂时还没开始放肆。"

唐展笑，换了话题："要不，说说你的那位朋友。"

余念下意识地以为是于小虾，眼睛都没抬一下："哦，你说于小虾啊，他就是个简单的垃圾，垃圾分类的时候，都会忽略他的那一种。不过，你妹妹肯定马上就会意识到这一点，所以你不用担心。"

"我说的是那位雕塑的朋友。"唐展的目光落在旁边的黑色帆布包上。

余念反应过来，跟着他的目光看过去，背上一阵冷汗。

她低着头，调整了眼神："这个，那个朋友，说来话长，其实也挺可惜的，是我对不起他……"

唐展挑眉，似乎极感兴趣的样子。

余念吸了吸鼻子："要不是因为我，他也不会，也不会……"

余念觉得自己看过的所有琼瑶剧的台词都要出来了，可是接下来的却实在编不下去了。

还好唐展也没有为难她，垂着头笑了一声："看不出来你这么有故事。"

余念看着唐展，心仿佛被什么撞了一下，她忽然红了脸："那个，故事都是后来才有的，一开始只有事故。"

唐展又笑了一下，不要笑！余念心底一阵呐喊。她觉得自己的心都要跳出来了。

还好服务员端着菜上来，余念瞬间觉得自己找到了救命稻草。

可是，她看着满桌子从这头到那头的鱼，嘴角有些抽搐："那个，这里鱼的品种还蛮多的。"

"试一下那个比较好吃，下一次带唐心来。"

哦。余念闷闷地说一句。接下来就没怎么说话，仿佛跟鱼有仇般，一声不吭地吐了一堆鱼骨头。

三、唐展，你要不要考虑收留我

于小虾和唐心很晚才有消息。在电话里叽叽喳喳个不停，一大串话她一个字都没听见。唐展自然地接过来，余念看着他的一系列动作，心跳莫名加速。

"他说什么？"余念问得小心翼翼。

唐展站起来："跟我过来。"

余念愣了一秒钟，揉了揉自己撑到变形的肚子，莫名其妙地兴奋了。

回过神来的时候，余念坐在唐展的车上："有没有觉得，你和于小虾像在完成某种交易。到指定的地方一手交钱，一手交货的那种。"

唐展侧头，莫名其妙地看着她："你指的是毒品交易？"

余念瞪他："你才有毒！"

唐展觉得，余念果然越来越放肆了。

两人到了约好的咖啡厅的时候，于小虾和唐心似乎坐在那里等好久了。

余念远远地看着他俩忽然之间一副你侬我侬好不甜蜜的样子，心底直发毛。她抖了抖身上的鸡皮疙瘩，重整旗鼓："于小虾，你干什么去了？"

于小虾回过神："哎，你还在啊！"

还在？所以于小虾的意思是她早该走了？余念深呼了几口气，朝着于小虾露出一个自认为完美的笑："那你慢慢玩，我先回去了。"

"你回哪儿？"唐展拦住她。

"学校！"余念绕过他，走得气势汹汹不回头。

可是到了学校才发现，宿舍已经关门了。

苍白的月亮高高地挂在头顶，余念拎着大大的帆布包，一身狼狈地站在宿舍门口长长的楼梯上。

初秋的风还带着些凉意，吹得人瑟瑟发抖。

她垂着头，忽然觉得自己像一个完成了某种使命的宇宙英雄，于小虾幸福了，她就可以功成身退了。

可是忽然之间，居然有些寂寞。

余念跑到旁边的小超市，趁着阿姨关门的最后一秒强行从里面拖了一提啤酒出来。她想了想，算是庆祝吧。

庆祝什么呢？余念坐在楼梯上，凄冷的月，四下无人的街。她灵光一闪，从包里掏出那半个鱼人雕塑。

"做个伴吧。"

她开了瓶啤酒放到鱼人面前，自己碰了碰，抬起头看着月色如水。于小虾，你最好是给我玩真的。

"啪"的一声，宿舍关灯了，整个世界只剩下前面那条路上昏黄的灯光。余念迷迷糊糊地看着一个人影走过来，然后静静地坐在她的旁边。

有一种全世界都被填满了的感觉。

余念笑起来："唐展！"

"是我。"唐展扶住她，拿开她身边的酒，"你一个人回来就是喝酒的？"

余念从他手中夺过酒："别喝我的，这是我搞祭祀的。"

"祭祀？"唐展眼睛沉了沉。

"嗯，纪念我死去的爱情。"

周围的气压忽然变得极低，唐展问："是那位搞雕塑的朋友，还是于小虾？"

"都不是。"余念看着头顶越来越模糊的月亮，"我喜欢学习，学习使我快乐。可是我明天考试可能要挂科了，难过。"

余念晃了晃脑袋，忽然想起什么："你怎么在这里？"

"我一直在这里。"

"那你为什么才出现？"余念莫名其妙。

唐展只是重重地揉着她乱糟糟的头发，像是惩罚般的，声音却轻得仿佛飘在夜空的云："因为你一直都没有看见我。"

温热透过宽厚的手掌传过来，余念微愣，她红着耳根，忽然想，唐展一定有一双很好看的手，就像他的眼睛一样好看。

她呆呆地看着前方，眼里却似乎有亮亮的星光："唐展，我今天晚上没有地方去了，你要不要考虑收留我？"

"余念，没有人教过你不要随便对陌生男人说这样的话吗？"

"可是你不陌生啊。"

余念没来得及解释，便被唐展一把拎了起来。

深夜一点，他站在宿舍门口，硬生生地吵醒了宿管阿姨，把余念扔了进去。

余念想，难道长得好看就是不一样，平时这样，阿姨最起码要对自己进行一个小时的思想教育。

可现在，似乎是唐展皱着眉头，他是在……教育宿管阿姨？

余念笑嘻嘻："唐展，谢谢你啊。"

四、女孩子和针一样，都是让人来疼的

于小虾良心发现得也不算晚。不过，好像是因为和唐心吵架了才记起来还有余念这么一个人。

他坐在余念的对面，一副二大爷的拽样，反而恶人先告状："余念，你是不是跟唐心的哥哥有什么奸情？"

余念一口水喷出来："放屁。"

虽然她的确觉得那一天之后，她跟唐展的联系显得越来越暧昧。可是最主要的不还是……她想不起来。

可是唐展勾勾手指，她确实就跟坐上了宇宙飞船一样。

她擦了擦嘴故作镇定，还没开口便被于小虾看穿："别编，余念，没有谁是骗得了我的。"

余念泄了气："于小虾，我觉得这主要是因为你太难看了，害得我看见稍微帅点儿的就眼红，更何况像我种这一辈子坚持最久的事情就是沉迷于男色的人。"

于小虾咂舌："果然，女人心，海底针啊。"

"说什么呢你，于小虾，谁的心海底针了？"

唐心的声音在背后悠悠响起，于小虾头都没回，连忙改口："余

念，我跟你讲啊，那个女人心海底针的意思呢，就是女孩子和针一样，都是让人来疼的。"

唐心满意地在于小虾身边坐下来。

余念悠悠看过去，唐展今天没有来，心里好像空了一块。她抬眼，对上于小虾略带审视的目光。

"看什么看，王八蛋。"

于小虾笑，意味深长的声音："余念，你的眼神，有种爱如潮水的感觉。"

唐心也忽然惊醒："呀，忘了告诉我哥了，不过他今天肯定没时间，我们先过去吧。我都准备好了。"

唐心与于小虾第一次吵架和好，需要庆祝。这就是余念跟着他们来到酒吧的理由。

余念跟在于小虾和唐心的后面，一进门便被莫名其妙的气氛吓了一跳。一屋子的陌生人却都跟见了亲人一样涌上来："哎呀，心心带了个小美女过来啊！"

"群众福利啊！"

唐心跳出来："你们谁都不准吵，这是我嫂子！"

于小虾不乐意了："谁说的，这明明是你小姑子！"

"好玩不过嫂子，花心不如小姑子嘛。"

"我哥会弄死你们的！"

一群人跟着瞎起哄，余念顺了顺呼吸，以前她明明是 Party

queen 的，像这种一般场子一天赶好几个，每一个都是她的主场。

可今天，她看着周围的成双成对，莫名其妙的一种苍老感。恰好电话响了起来，是唐展，余念挤到角落里接起来，下意识地喊了声："哥……"

恍然回过神来，那边唐展的声音似乎有些疲惫："跟唐心在一起？"

余念点点头："年轻人，图个开心，你就不要来掺和了。况且，我觉得这群人挺怕你的。"

"等我过来。"

余念想开口，那边已经挂了电话。于小虾走过来，眼神促狭："余念，我忽然有种嫁女儿的感觉。"

余念一愣，还没反应过来，于小虾转身已经挤到人群堆里面了。

唐展来的时候，于小虾和唐心恰好出去了。余念正被拉着玩骰子，她吓得连连摆手："我这个人运气背酒品又差，玩骰子就是间接玩我啊。"

唐展进来，脱了外套放在沙发上，一声不吭地坐过来。余念吓了一跳："你为什么不出声？"

包厢里光线暗，周围人似乎并没有注意到坐在明暗交错里的唐展，只顾着喊来来来。

余念正准备说什么，唐展却在她的耳边，声音低沉，带着淡淡的磁性："你摇，我来喝。"

余念瞪着眼睛："说真的？"

"说真的？"周围的人似乎才注意到唐展的存在，听了这句话更是按捺不住躁动，"那嫂子你还客气什么，快来啊！"

余念这个时候就不愿意承认是自己运气背了，她觉得唐展一定得罪过这群人。

所以短短的半个小时，唐展喝了五杯白酒。

余念这才有些急了，对上唐展的视线："唐展你没事吧？"

唐展声音淡淡："余念。"

"啊？"

一只手落在她的头上："你还真是个不小的麻烦。"

五、余念，你没有发现，我在追你吗？

余念不知道自己是怎么从那个群魔乱舞的世界里逃出来的。她喘着气，靠在墙上。唐展一手撑着墙，半个人的重量却全压在她身上。

余念想了一下他们这个姿势，好像很暧昧。

"唐展，你还能回家吗？"余念怯生生地问，唐展没有说话。

余念叹了口气："好啦，我送你回家啦。"

她扶起唐展，叫了辆出租车把他塞进去，又打了电话问了唐心他的住处，似乎听见了那边于小虾叫嚣的声音："我说了，我就要把唐心宠成一个离不开我的废物！"

"那我哥就交给你了啊！"唐心挂了电话。

余念侧过头看着靠着似乎是睡着了的人，轮廓分明的侧脸，坚毅好看的下巴，还有长得有些过分的睫毛。

余念别过脸："唐展，我觉得你才是个大麻烦。"

唐展闷闷地"嗯"了声，吓了余念一跳。

可更让她惊悚的是，唐展的屋子里，摆满了各种石雕木雕根雕。

余念有些结巴："唐展，你是神雕侠吗？"

显然唐展不会理她，她吃力地拖着他，好不容易找到卧室，几乎是用甩的，一把将唐展准确无误地甩到床上。

想了想又觉得有些缺德，余念叹了口气，走上前，给他脱了鞋子和外套，却一个没留意，被他拉住一个反身压在床上。

余念手搭在他的腰上，结实的肌理透过薄薄的衣衫，变成她手上的触感，她怔怔地看着天花板，三秒之后才反应过来："唐展，你想干什么？"

"你想我干点儿什么？"

余念看着他忽然撑起头，眼底一片清明，尖叫道："唐展你没醉？"

"醉了。"

"可是……"余念推开他，坐起身来，"那你要我送你回来！"

唐展笑起来，声音低哑："余念，难道你没有发现，我在追你吗？"

　　余念愣了两秒，才缓缓开口："发现了。"

　　"可我觉得你追得不够明显，害我一直不敢确定，以为你只是个想泡我的凡夫俗子。"

　　唐展拉过她，将她抱在怀里："那是我的不对了。"

　　余念身体僵硬："你不会想把我吃干抹净吧。"

　　"一条鱼吃干抹净会变成什么？"

　　"鱼骨头啊。"

　　余念想也没想，她窝在唐展的怀里，忽然觉得无比安心。原来，这个世界上还有这样的温暖可以抵过夜晚的凉意，余念看着从窗外漫进来的幽白的月光，过了好久才缓缓开口："可是唐展，我不可以喜欢你，我要喜欢于小虾。"

　　余念要喜欢于小虾，是说好了的。

　　十岁那年的冬天余念贪玩掉到水里，还发着烧的于小虾二话没说跳进去把她捞了起来，结果她没有死，于小虾却差点儿死了。而且从那之后的每一个冬天，于小虾都要经历一遍地狱般的折磨。

　　于小虾说，他不知道哪一个冬天就会不小心死去，所以尽量还是不要爱人，也不要被爱。

　　所以，余念又怎么会抛下于小虾一个人，放心地去爱与被爱呢。

　　"唐展，我是不会喜欢你的！"余念又说了一遍，却不知道是在跟谁强调。

唐展按着她的头压在怀里，声音带着淡淡的蛊惑："乖，睡觉。"

六、你喜欢我，就够了

余念醒过来已经是第二天中午了。

窗外的阳光有些刺眼，她坐在床上愣了三分钟，才起来去找唐展。

看到他的时候，他穿着一身灰白色的休闲衣，坐在架梯上，面前是一块巨大的石头。

余念绕着他转了两圈："天啊，唐展，原来你还真是个雕塑家。"

唐展声音淡淡的："厨房有吃的，你热一热，待会儿我过来陪你吃。"

余念心里一动，忽然想起昨天晚上幽白的月色，还有他低哑的嗓音。她极力压住心头的一片燥热："唐展，那你能帮我修一下，那个鱼人雕塑吗？"

"不可以。"

余念跑到她跟前，仰着头朝他喊："哎，唐展你这个人是不是很记仇啊，难道因为我拒绝了你，你就要拒绝我吗？"

唐展停下手中的动作，看了她两秒。

忽然弯下身子，薄唇准确无误地印上她的唇。

"你昨晚可不是这么说的。"

余念觉得自己脑袋有些短路，思索了好久，直到唐展从架梯上跳下来，她才仿佛被解穴一般有了动作："是吗，难道我忘了什么？"

唐展看了她一眼："要等我，还是先去吃饭？"

"等你吧。"

余念想了想，唐展工作的样子实在太迷人，她舍不得这么快看完。她乖乖地搬了凳子，坐在一边，可是没多久便忍不住了。

"唐展。"

"说。"

"你为什么不雕刻人体啊，什么裸露的艺术啊之类的。"

唐展侧过头来上下看了她两眼："没料。"

"我的意思是，那个大卫什么的，或者思想者的那种？"余念解释着，看着唐展修长挺拔的身形，想了想又补充，"或者，你自己？"

"下次吧，"余念没想到唐展居然会理她，"下次教会你，你来。"

那一天过得很快，晚上的时候唐展送余念回去。

余念坐在车上，看着唐展握着方向盘的手，骨骼修长，指盖被修剪得很整齐，挽起袖子的胳膊上露出一道淡淡的疤。

果然很好看。

她忽然笑起来："唐展，我觉得你的床很舒服，菜很好吃，今天过得也很开心，可是……我还是不喜欢你的。"

唐展笑："你觉得很好就够了。"

那一天后余念很久没有再见过唐展，于小虾气势汹汹地把她从图书馆里拎出来："余念，你神经病吧！"

余念拍开他的手："你才神经病。"

于小虾揉了揉太阳穴："余念，你这种受旧社会思想荼毒的少女，是会被时代淘汰的！况且你又不是什么仙女还非要学人企鹅报恩，仙鹤报恩！"

"那你去找你仙女啊！"余念瞪他。

于小虾忽然想起什么来："说起这个，你知道，我和唐心为什么认识吗？"

"小时候，我欺负过她，被她哥哥按在地上打了一顿，那个时候你为了帮我，死命地咬了那人一口……"

余念的表情渐渐变得僵硬，她忽然想起唐展胳膊上那道淡淡的疤，张了张嘴，却不知道该说些什么。

于小虾拍了拍她的肩："余念，我很好，现在有很爱的人，所以你也要抓住机会，虽然不倾国也不倾城，但你那么能吃，至少可以吃到他倾家荡产啊。"

余念看了于小虾一眼，目光移向水边的那半只人鱼雕塑，周围围着几个人，似乎是看热闹般，笑嘻嘻地指着什么。

余念透过人群的缝隙看过去，那被她砸坏的雕塑不知道什么时候已经换成了新的。

依旧是那只人鱼头，可是身子却变成了赤裸裸的鱼骨头。

她想起那一天唐展问她，鱼被吃干抹净会变成什么。原来真的会变成鱼骨头。

很好，余念忽然笑起来："于小虾，你什么时候回来？"

于小虾一愣："谁告诉你的？"

"唐心。她说你要去美国了，去治病，治好了回来……"

"治好了回来参加你和唐展的婚礼？"于小虾耸肩，"那我宁愿不回来。"

"那我就去找你。"余念笑嘻嘻地看着他，"于小虾，唐展说了……"

"我说了，你再回来，我就把你送到非洲。"唐展不知从哪儿走过来，停在一脸呆滞的余念跟前。

"你什么时候说的？"余念看着他，于小虾耸了耸肩，骑上二哈就离开了。可是余念红着脸的样子却在眼前挥之不去，他好像从来都没有见过。

他笑了笑，想起给唐心发的那条短信，谢谢你，陪我演这么一出戏。

可是余念，也谢谢你，陪我这么一大段人生。

余念站在唐展面前，不知道说些什么，初秋的风，掠过湖面吹过来，她红着脸："嗨，我……"

"你？"

"说出来你可能不信，我就是那个咬了你诅咒了你，说了不喜欢你又很喜欢你的……余念。"

"刚好，我也是那个被咬了被诅咒了，说了喜欢你然而更爱余念的，唐展。"

全世界
唯一的那个你

\

全世界唯一的那个人，我选择的是你。

一、宁愿去撞旁边劳斯莱斯，也不要擦到博物馆的车子

电话的声音响了一声又一声。

乔岚从床上爬起来，眯着眼睛够过来听筒放在耳边，宋以冬清润的声音便传过来："还在睡？"

"嗯……"乔岚应了声，脑袋比声音要清醒许多，"出什么问题了吗？"

恍然间还记得前几天被一架宋代的檀木柜折磨得死去活来，三天的不眠不休，终于受不住被宋以冬强行送了回来。

倒头睡到现在，也不知道今夕何夕。甚至宋以冬的声音，都觉得是很遥远的事情了。

宋以冬在那边笑起来："我只能让你想起来工作上的事？"

乔岚没说话，走到窗边拉开窗帘，正午的阳光亮得晃眼，热气隔着落地窗扑面而来，若有若无的蝉鸣在耳边聒噪。

"不然呢，你除了工作还会干别的事？"

宋以冬也没否认，语气有些无奈："怕你饿死在梦里了，给你做了吃的放在了冰箱，记得热热再吃。"

"你什么时候来过我家？"乔岚瞬间惊醒。

"刚走。"

乔岚叹了口气，挑眉："无事献殷勤，非奸即盗……"

她似乎能想象宋以冬在电话那边低头一笑的样子，不管别人眼里的他有多么温文尔雅，可这个时候她眼里的奸诈，她总能一眼看出来。

果然，宋以冬顿了片刻，说道："辽金时期的黄花梨屏风，百分之三十的受损，现在雕刻组也只有你了。"

"哪里……"

乔岚想问宋以冬哪里又弄来的文物，可那边已经挂了电话。宋以冬最近弄了太多来历不明的东西，每次问到也只是一笑带过。

不过乔岚也从来不会多问。

听筒里传来冰冷的嘟嘟声，她这才注意到楼下停着辆灰白色的集装车，穿着搬家公司工作服的人正小心翼翼地从车上抬下一个柜子，紫檀龙纹，边框竹丝贴嵌。

远远看一眼的确是价值不菲。

只是，她住的也不算什么好地方，五环外的老楼，还等着过了两年被拆迁，现在还有人带着这么贵重的家具往里搬，也是有些奇怪了。

乔岚也没有多想，肚子传来一阵尴尬的声音，这才想起来冰箱里还有宋以冬献的"殷勤"，所以不管被奸被盗，对她来说，殷勤还是很重要的。

她揉着迷蒙蒙的眼睛转了身。

明明是准备走的，乔岚也记不起来当时为什么又回了头。

仿佛眼角里融进了一道光，却想把它放进瞳孔中央。

所以她恰好看见了随后而至的那辆黑色的车子，稳稳地停在路边，西装革履的男人从车上下来，身材匀称挺拔，远远望去，精致得仿佛一件艺术品。

乔岚打量着他，撑着胳膊漫不经心地揉搓着落在自己胸前的一缕头发，那人却忽然抬起头，被墨镜遮住的眼睛有一种与自己视线交汇的错觉。

但也只是错觉而已，如果没猜错的话，他家大概就是她楼上，这两天的睡梦中不断地传来的电钻声音。

那就对了。

外人经常说，做文物修复的人，耐性好。可对于她乔岚来说，忍得了山崩地裂，扛得住风吹雨打，可谁要坏了她的睡眠，那就只有死在她手里了。

这是董冬冬说的话，也是她那张喋喋不休的嘴里吐出来的乔岚唯一赞成的几个字。

董冬冬是乔岚的师姐，也是没毕业就跟着宋以冬进了博物院做文物修复。第二年引荐乔岚也去了宋以冬那里，在博物院一待就是五年。

后来大概是觉得自己技不如人，自愿退居二线，整天跟在乔岚身后师姐师姐地叫，乔岚向来不在意这些传统的辈分，所以也没当回事。

只是偶尔觉得有些烦。

一阵雷打般敲门的声音响起——

"师姐，小师姐！"

果然，想到她就是个错误。

乔岚忽然有些头疼，慢悠悠地从冰箱里拿出宋以冬准备的食物。

"嘭"的一声关上冰箱门。

"师姐，我知道你在里面，快给我开门，不然我就翻进来了！"

"乔岚！"

乔岚打开门，积攒的怒气在刚准备开口时瞬间偃旗息鼓。宋以冬说得没错，董冬冬这样的名字，大概没有谁能在直呼她的全名之后还能发得出来脾气。

她瞥了眼忽然打开又关上的电梯门："什么事？"

董冬冬嬉笑着挤进来："师姐，这两天睡得爽吗？"

乔岚跟在她身后："宋以冬派你催我来了？"

"哪里有。"董冬冬甩着手，"就是顺路路过这里，指望着你的顺风车待会儿带我过去师傅那儿。"

乔岚没有搭理她，从微波炉里拿出热好的排骨，摆好盘后慢条斯理地吃了起来。

董冬冬也不客气，径直拿了筷子坐到她对面，夹了块肉多的放进嘴里，一边嚼着，一边含混不清地说："师姐你倒爽，被师傅送回来就睡到现在，还有师傅亲自给你做吃的。最关键的是，有我免费陪吃。"

乔岚脸上没有什么表情，自然也不会接她的话，眼都没抬，问道："宋以冬刚说的屏风是怎么回事？"

"你知道城北有个私人收藏馆吗？"董冬冬吐出一根骨头，说话清楚了点儿，"就是那个姓季还是姓什么的来着，反正就有很多私人收藏的文物，跟故宫文物库一样，之前也送好几次文物来修了，最重要的是每一个都价值连城，比咱们院的强多了。"

乔岚握着汤匙的手抖了一下，眼里有什么一淌而过，转眼又眉眼淡然地开了口："不知道。"

董冬冬翻过来一个白眼，楼下忽然传来一阵嘈杂的声音，打断了她要说的话，她抬眼，两人对视，乔岚无辜地摇摇头。

董冬冬立马放下筷子扒着窗口去看热闹。

"好像是哪家的车撞到那辆卡车了。"乔岚收拾着桌子，听着董冬冬在那边自言自语着，"就是说嘛，宁愿去撞旁边劳斯莱斯，也不要擦到博物馆的车子！"

"博物馆？"

不是搬家公司吗？乔岚有些疑惑。

董冬冬回过头，摩挲着下巴故作深沉："那车子一看就是装着文物的嘛，而且我刚刚上来的时候瞥了眼他们搬的东西，粗略估计，最起码也是个唐代的柜子。"

"说不定只是个赝品而已。"乔岚也不是真想泼冷水，末了又补充，"粗略估计，如果是真的，这栋楼也比不上那个柜子。"

董冬冬"喊"了一声，忽然又想起什么，眼睛泛着光："其实你们这栋楼也蛮了不起的，刚刚上来电梯里还碰见了一个男人，一个帅字足以概括他的一生的那种。"

乔岚没接话，忽然想起刚刚楼下看到的那个男人，不过精致和帅是不一样的——精致是无可挑剔，而帅只是人言可畏而已。

二、我出钱，你能把她完整地还给我吗

其实不用董冬冬看半天热闹，还解释了一路发生了什么事。

毕竟刚下楼，两人便被堵在了楼栋门口。

十四楼的张哥，乔岚还记得他，此时正满脸张皇失措地看着

面前穿工作服的人。

"对不起啊，我真的不是故意的，你看旁边那么好一辆车，我自然是偏了这边，可哪知道你们这里面装的文物啊！"

"这……"毕竟只是个工作人员，表情也有些为难。

总归是住一栋楼的人，乔岚走上前去。

张哥似乎也注意到她，像是看见救星般跑过来拉住她的胳膊："小乔啊，我怎么就没想到你呢！"

乔岚有些莫名其妙，却听他继续说着："我这开车不小心，撞到这卡车了，哪知道里面是什么唐三彩什么的，反正大概是碎了，你不是搞文物修复的吗，你能帮帮我？"

"唐三彩？"董冬冬两眼放光，转眼已经爬上了那集装车。

"我真的……小乔，虽然我是个粗人，但也知道唐三彩是个什么东西，可是……"张哥忽然想到什么，话锋一转，"那个不会假的吧，这车子也陌生，小乔你看他们是不是过来讹人的！"

乔岚看了他一眼，没说话，跟着董冬冬走到货车边，一手抓住旁边的扶手，利落地跳上了车子。

董冬冬在里面已经摆起架势，抱着看了一圈，喃喃自语："还真的是哎，而且看起来不像赝品啊……"

乔岚戴上手套，接过来，的确不像，但不经过专业鉴定也没办法肯定。

"现在怎么办，"董冬冬问道，"要带回去吗？"

乔岚将东西放回原处，眼里闪过一丝异样，过了好久才缓缓说道："别人的东西，我们管不着。况且，我也不会修瓷器。"

不会吗？

董冬冬有些疑惑地看着她跳下车子，略带遗憾地看了眼那断尾巴的马。

"怎么样，怎么样，"张哥见乔岚下来，急忙忙地走过来，"是不是假的？"

"不是。"

"自然不是。"一道低沉冷漠的声音插进来。

乔岚抬眼看过去，果然是他。

在她说长不长的职业生涯里，所要追求的大概只是最初的精致，可眼前的这个人，却还是让她对这两个字有了更深的认知。

仿佛一瞬间的风动云起，破碎的光重新凝聚在一起。

在她的专业里，这叫作凝回，她以前老做不好，宋以冬说她缺少一种感觉，能完美地填补那个缺口。

所以她进不了最喜欢的瓷器组。

却没想到，第一次有了这种感觉，竟然还是在他身上。

董冬冬忽然跑过来，在她耳边低声吐吸："我刚刚说的就是他，帅吧！"

乔岚轻笑了一声，没有接话。

张哥的声音在一旁颤颤巍巍，甚至有些语无伦次："对不起对不起，你要我怎么赔你，我真的不是故意的。这个多少钱，我尽力……"

"你觉得我缺钱？"清冷的声音，跟他的人别无二致。

"那……"

"我出钱，你能把她完整地还给我吗？"

张哥有些听不明白："哈？！"

他没有接着说下去，小区里的风清清凉凉的，他看着前面走了好些步子的背影，声音比风更快到达——

"乔岚。"

停下的脚步，愣住的背影，过了好一会儿，她才缓缓回过头，只有简短的气音："嗯？"

凉风有信，扑面而来。

董冬冬不知道在这阵风吹过来的这一小段时间里，乔岚的心里究竟过了几个春秋。她只是微微张着嘴，诧异着这个人为什么会知道乔岚的名字，为什么乔岚还会乖乖地停下来。

她看着那人两步走到乔岚面前，摘了墨镜在手里玩弄，瞳孔是渐变的棕色，倒映着乔岚的样子。

"博物院的修复师？"

"算不上，打杂的而已。"乔岚低着头，却不敢去看他的眼睛。

"给宋以东打杂？"

乔岚没说话，他轻笑了一声，微微挑眉，却换了话题："乔岚，如果我没记错的话，你们修复师要修好一件瓷器，首先就能做出一件完美的仿品，足以以假乱真。"

乔岚心里一沉。

董冬冬却忽然走上前来："你这话什么意思，这个本来就是我们的基础课程，可是我们也不会靠这个做什么。"

"只是前些天去你们博物院，看到一些文物高仿周边卖得挺不错的。"

"那是……"

董冬冬刚想反驳什么，却被乔岚打断了话："我可以帮你修那件瓷器。"

那人抿着唇，侧着头盯着乔岚的眼睛，意味深长的样子："乔师傅这么说我就放心了。"他朝着乔岚身后站着的人看了眼，便有人递过来名片，乔岚接过来，"季至巡"三个字，熟悉又晃眼。

"你知道的，虽然不是世间罕物，但那是我唯一的珍宝，所以我不可能让你带走它。"季至巡说这话的时候，瞳仁在阳光下有晶亮的光。

乔岚看着李至巡的眼睛，美得像是小时候爷爷那幅绢画上的一粒宝石。

"我不一定会来。"

季至巡笑了笑，没说话，像是逃离般转身上了车，忍不住不去看她，直到后视镜里的身影渐渐变成一个点，他才长长地松了口气，握着方向盘的手松了又紧。

他嘴角勾起一抹嘲讽似的笑——他季至巡这一生，大概没有什么时候比此刻还要紧张吧。

可是乔岚，我有没有告诉你，可我一定会等。

董冬冬依旧愣在原地，好像有太多的讯息蕴藏在里面，她一时有些消化不过来。

她戳了戳同样呆愣在一旁的乔岚。

"唉，乔岚，他这是明目张胆地挖墙脚吗？"

"挖墙脚他估计还不屑。"乔岚笑了笑，往他走的方向看了一眼，他不是挥锄头的人，我也不是什么墙脚。

况且，谁挖谁也说不定。

两人赶到宋以冬那里的时候，已经下午两点了。

董冬冬迫不及待地跑进去，一脸大新闻的惊悚："师傅，你的关门弟子可能要被挖走了。"

乔岚跟在后面走进来，空荡的房子，些许阳光透过侧面的窗子照进来，落在布满灰尘的角落里，宋以冬一身白色的工作服，修长的手指握着微型铁铲，指尖沾了些木漆。面前是一个巨大的积满灰尘和破损痕迹的黄花梨木屏风。

"来了？"宋以冬放下刻刀，侧头看过来。

董冬冬显然对他的置若罔闻有些生气，刚准备开口又被宋以冬打断："这屏风我已经尽力了，剩下的只有靠你了。"

乔岚绕着屏风转了一圈："季至巡的东西？"

宋以冬也并不诧异，依旧一脸的云淡风轻，却是看向董冬冬的："所以，你说的是季至巡？"

董冬冬莫名其妙地点点头，换上白色的清洁衣："师傅，你看起来一点儿都不急。"

宋以冬笑起来："只是看起来而已，心里怕得要死。"

董冬冬又好好看了眼宋以冬的脸，"喊"了一声，提着水壶去打开水了。

乔岚戴上面罩，接过宋以冬手里的刻刀，轻轻刮擦着屏风上被磨坏的痕迹："超细纤维有吗？"

"真的要去？"宋以冬递过来。

乔岚也不抬头："你早就知道，所以一直从他那里接单子？"

长久的沉默，空气里只剩木屑簌簌掉落的声音，乔岚忽然直起身子，看着宋以冬的眼睛："宋以冬，我觉得没有再遇到季至巡也就这样了。"

"可是现在你让我又碰见了他，那些事我就不能算了。"

乔岚眼里有前所未有的冰冷，宋以冬笑起来："你觉得是我？"

"总不会是命吧。"

宋以冬没再说话，刀子刮刻木头的声音又响起来，可是乔岚，我要怎么让你知道，你遇见他不是偶然，而是必然。

三、那么今天我说了算，一起活到死

去季至巡那里，已经是一个月之后。屏风的修复足足花了她一个月的时间。宋以冬明明说过不急的。

可是她向来不喜欢拖沓，能三十天完成的事情，绝对不会拖到第三十一天。

乔岚将车子停在文物馆门口。

董冬冬跟在后面眼睛瞪到极致："季家也家业太大了吧，这地方看起来比我们国家属的博物馆还厉害了。"

乔岚叹了口气，不明白为什么董冬冬就莫名其妙地跟了过来。

她站在铁门外，看着巨大厚重的铁门在她面前缓缓拉开，恰好季至巡正从里面出来，穿着一身休闲衣，正低头挽着袖口。

不复那日的稳重，一身清爽显得少年感十足。

忽然抬起头的时候，乔岚又看见了他那双眼睛，融进了一丝清晨的光，不小心碎了满眼，他缓缓走过来，乔岚这才看清他满身的疲惫。

"乔师傅，早上好。"大概是一夜没睡的原因，季至巡的声音有一丝喑哑。

乔岚忍住心里的异样情绪，纠正道："乔岚。"

我叫乔岚。

"董冬冬!"董冬冬也热情地伸出手,可是很显然,季至巡并不认为她在介绍自己,侧头看了她两秒。

"我认为现在不需要伴奏来活跃气氛。"

活跃气氛?

Excuse me ?

董冬冬忍着心里的不爽:"我的意思是,我的名字,董冬冬,"

季至巡思索了片刻,又说道:"十分抱歉,我还是没办法一本正经地叫你的名字。"

董冬冬自己也明白,于是泄了气。乔岚明明早就习惯了董冬冬这个名字,此刻却还是忍不住笑了起来。季至巡挑着眉,将目光移回她的身上,对于她忽然笑起来似乎有些说不清楚的愉悦。

乔岚才意识到他的目光,尴尬地收了笑,清了声嗓子提醒道:"东西在哪里,我们直接过去?"

季至巡并不急:"吃饭了吗?"

"不用了。"乔岚拒绝道。

董冬冬却不干了:"没吃呢,我没吃早饭不行的,会摔碎瓶子。"

季至巡点点头:"那你就自己先回去吃个饭,我这里没什么是可以摔着玩的。"

董冬冬的笑僵在脸上,乔岚安抚她,眼睛却看着季至巡:"我们平时就是摔了瓶子拼着玩的。这点儿事还真不算什么事。"

季至巡刚想说什么,电话却响了起来。

乔岚看着他背过身去接电话的背影，一时出了神。

所以季至巡回过头的时候，她也没来得及移开自己的目光，交错的一瞬间，还是她先投了降，低下头自嘲似的笑了笑，怎么会好像什么事都没有发生过呢。

季至巡忽然心情变得极好，藏不住嘴角的一丝笑意，缓缓走过来，声音也出奇地温柔："我有事先出去一下，让他们带你过去。有时间的话晚上回来接你。"

乔岚好半天也没有从这几句话里回过神，她看着他扬长而去不留一丝余地的背影，季至巡，你也太会息事宁人了。

董冬冬跟着前面的工作人员，想了想还是忍不住问出来："这里的这些文物，都是真的吗？"

工作人员笑着没答话，指着前面的屋子："就在那里了，有什么需要可以随时叫我们。"

乔岚点点头，继续往前面走去。

董冬冬刚想跟过去，却被工作人员拦住了。

"哎，我们是一起的，为什么不让我过去啊？"董冬冬又不乐意了。

工作人员依旧笑容满面："馆长是高成本请你们过来，肯定是需要分工合作，乔小姐擅瓷器，你擅书画，自然是要分开来做的。"

乔岚看着董冬冬，耸耸肩："宋以冬大概把你也卖了。"

"分开了，我这么娇弱，要是出什么事怎么办，你们不会是什么地下组织吧！"董冬冬尖叫。

乔岚看着面部表情逐渐僵硬的工作人员，想了一会儿，说道："没事，有什么事摔了这里所有文物，死之前还能爽一把。"

董冬冬觉得乔岚说得没错。

宋以冬一直将乔岚往雕刻组带，可是她最擅长的，的确是瓷器修复。将零散的碎片又重新拼在一起，仿佛从来没有裂开过。

你看，世界上还真有这么好的事。

宋以冬电话打过来的时候，太阳已经落山了，桌子上搁着已经冷掉的豆浆油条，还有蔡和记的生煎。

"怎么样？"温沉的声音透着一丝疲惫，"那边还习惯？"

"没什么不习惯的。"乔岚看着窗外夕阳，残阳如血。她忽然想起什么，原来是这个颜色。调了一天都不对劲的颜色，原来就是最普通的红。

宋以冬沉沉说道："本来打算晚点儿接你们回来的，现在有些事情耽搁了。自己回来注意安全。"

乔岚点点头，挂了电话才看见董冬冬三点多发过来的短信，说是发现这里并不能容下她，已经收拾行李走人了。

她叹了口气，看了看墙上的钟，已经快六点了。窗外的椿树摇摇晃晃的声音惹得人心痒，乔岚仿佛又看见了那年高大的椿树。

眉眼澄澈的男孩子从树上跳下来，脸颊红扑扑的，张开手拦住她的去路："你路过我的树，就是我的人了。"

因为是他的人，所以他给了她一份生煎包，松松软软的面皮儿，咬下去的时候浓郁的肉香味在嘴里弥漫开来，嘴角粘着油渍。

那曾是她最喜欢的食物，可是现在，那一次之后，太油腻的东西她已经吃不下去了。

乔岚回到家的时候天已经全黑了。

小区路口的路灯一闪一闪的，大概是前些天下了一场大雨。

她将车停好，下了车往里走。清冷的月光照下来透着一股寒气。乔岚加快了步子，却在路过第一道路口的时候忽然慢了下来。

男人粗粝狰狞的声音，还有尖锐难听的词句。她不想去理解字里的意思。

却忽视不了那嘈杂中的一道粗重的喘息声。

乔岚不知道自己怎么会走过去，明明心里的恐惧都要漫出喉咙。

可意识到的时候，她已经站在了小路口，那是月光照不进的一处阴暗的地方，她刚好站在阴影之中。

一群衣着颜色暗沉的男人，身上或多或少地带着些伤，却不及躺在地上的男人，似乎整个人都因为剧痛蜷缩起来了。

"别以为我们不敢弄死你，就算赔上我全部的身家性命，我也要报这个仇！"

　　乔岚轻笑了一声，眼里看不出任何情绪。她扬起声音："嗯，我就在快到小区门口的地方，你过来就看见我了，嗯，和宋以东在一起呢，他一分钟后下来。"

　　四周忽然静得诡异，接着是一阵尖锐的声音。

　　乔岚往后退了几步，直到看见那些人落荒而逃，她才走出来，捡起地上的报警器。

　　然后，她缓缓走向巷子口。

　　月光将她的影子拉得很长，刚好附在他身上。

　　季至巡弯曲着一只腿躺在地上，脸色惨白得可怕，一手捂着腹部，似乎有伤口不断地渗出血。

　　他挣扎着抬起上半身，看见面前的人时，才又长长地呼了口气，又躺倒地上。他双手摊在地上，看着似乎近在咫尺的月亮。

　　"季至巡。"

　　乔岚的声音比自己想的要镇静得多。

　　"嗯？"季至巡淡淡地应了声。

　　乔岚没说话，想走过去，却被季至巡打断，他的声音有些力不从心："你别过来，等宋以东下来帮我就好。"

　　哪里有什么宋以东，可乔岚还是停下步子。但她的确没有办法过去，所以现在只能打电话报警。

　　可翻遍了整个包她才记起来，手机好像被扔到车上了。

　　"季至巡。"佯装的镇定再也没有办法支撑，乔岚的声音有些急，"季至巡。"

没有回应。

乔岚看着地上一动不动的人，心里有什么崩断的声音，她顾不了那么多了，迈开有些沉重的腿扑过去，轻轻地拍打着季至巡的脸："季至巡，季至巡……"

浓烈的血腥味让她有些窒息。

季至巡有些艰难地睁开眼睛，话语间已经是上下不接的气音："别喊了，再把那群人喊回来，你就要给我陪葬了。"

乔岚咬着牙，眼角氤氲着湿气："你觉得我还会这样死在你身边吗？"

季至巡扯着嘴角笑起来："乔岚，你到底是来救我的，还是来陪我一起死的？"

她从包里拿出报警器，扔了出去，再看自己的手时，鲜红的一片，腥甜的味道刺激着全身上下每个感官，眩晕铺天盖地地袭来。

"季至巡。"

乔岚也不知道为什么喊了他的名字，仿佛只有不断地念出这三个字才会变得安心，像是咒语一般，萦绕在每一个夜不能寐的夜色中。

晕倒的前一刻，她确实是听到了的，他低沉喑哑的嗓音，轻轻触动着声带。

"嗯？"

我可能不会陪你活下去，也不会陪你死。

季至巡抚着怀里的人，那么今天我说了算，一起活到死。

四、我说乔岚，你也太弱了吧，居然还会晕血！

乔岚做了很长的一个梦，梦里有她好久不见的爷爷，躺在血泊之中。而她站在一边，看着爷爷的血慢慢流到脚边，沁湿了鞋底，染红了她的全身，直到自己也变得湿腻腥甜，挣扎、尖叫，却什么也做不了。

她猛地睁开眼。

宋以冬坐在一边，声音犹如二月春风般温柔，带着安抚人心的魔力："醒了？"

乔岚眼睛直勾勾地盯着天花板，似乎还没有从刚刚的梦里缓过来。

昨天晚上的记忆如潮涌般而来，却在某一个地方戛然而止。

或许不是想不起来，只是不想再想下去而已。

"又做噩梦了？"宋以东转身去倒水。

乔岚似乎还处在失神之中，双目无光，像是喃喃自语般："我梦到爷爷了。"

宋以冬倒水的手忽然一顿，眼底闪过一丝慌乱，转过身来的时候已经看不出丝毫痕迹："乔岚，那些事都已经过去了。"

乔岚低头笑了一声，尽是苦涩："过不去了。昨天季至巡躺在那里的时候，我甚至想过，就这样看着，看他们是怎么杀死他的。"

宋以冬将水杯递到她的手里，从来没有在她脸上看过这样的表情，迷惘无助，就像他第一次见到她的时候。

像一个迷路的小孩儿，眼底的惊慌失措一览无余，只是现在，他越来越没办法看懂她了。

内心漫过一丝苦涩，原来这么多年，他还是没有能在她的生命里留下过任何东西。

宋以冬没有再说下去，门口响起一阵细微的响动。董冬冬推开门，手里拿着早餐，瞪着圆圆的眼睛左右看来看去，哼哧了半天才支支吾吾地说道："对不起啊，我不是故意听见的………"

宋以东无奈地看了乔岚一眼，仿佛在对董冬冬说，我也没办法，找她去。

董冬冬会意，怯怯地走到乔岚身边，一屁股坐到她的床上，目光虔诚地举着两根手指发誓："我保证，一定不会说出去，一定誓死效忠乔岚师姐！"

乔岚无力地看了她一眼，接过她手里的东西。

董冬冬明白，乔岚一般不说话的时候肯定是原谅她了，只是刚准备告诉她季至巡的情况的，现在看来，估计也不用说了。便只能笑着打趣道："我说乔岚，你也太弱了吧，居然还会晕血！"

乔岚无声地瞪了她一眼，鬼知道她怎么会有这么奇特的生理结构，简直是人生的一大败笔。

宋以东自然也为这样轻松的气氛感到开心，说话的语调都不复刚才的低沉："你们组长没让你回去修图？"

董冬冬一惊，才记起来："天啊，我还煮着糨糊！"说完便拎起包往外跑。她们书画组的流程乔岚不是很懂，只是总听董冬冬说，他们那煮个糨糊都要十年的经验。

宋以东忍不住笑了起来。

乔岚掀开被子下了床，叫住了董冬冬："我跟你一起走。"

宋以东不禁皱眉："没问题了？"

乔岚白了他一眼，实在没好意思说，就晕个血而已，还在医院躺了一晚上就已经够让她无地自容了。

董冬冬打开门，便看见了穿着病服双手环胸靠在门口的季至巡，她面露难色地回头看了眼乔岚。

乔岚却一脸平静地走出来，似乎早就料到他在这里一样，看着季至巡："没事了？"

"你在意？"季至巡笑起来，眼底却是一片怆然，"也是，大概也没谁比你更关心我了，总想着我怎么还没有死。"

乔岚没说话，宋以东却走了出来。

季至巡转眼去看他，眼神忽然变得凌厉起来，声音却带着伪装的笑意。

"宋师傅，好久不见了。"

宋以冬也依旧笑得温沉："上一次见你，你还在你父亲身后，转眼已经独当一面了。"

季至巡撑着胳膊轻轻揉搓着指腹，嘴角勾着一抹意味不明的笑："宋师傅也是，转眼已经带出两个这么出色的徒弟，不久就可以退休了吧。"

"我们师傅年轻着呢！"董冬冬在一旁嘟哝着，又去看乔岚，"师姐，我们走吗？"

乔岚点头，刚迈出步子却被季至巡拦住了，他的声音里似乎透着一丝淡漠："你要去哪里？你在我这边的工作还没有完，大概一时半会儿还走不了。"

"我知道。"

她对董冬冬说："你和宋以东先走吧。"

"乔岚……"董冬冬有些不放心地看着她。

宋以东走过来，站定在季至巡的面前："乔岚身体不如从前了，不能吃大油或者辛辣，早上一定要喝牛奶，经常忘了晚上睡觉前要吃药。"

"这些天麻烦你照顾她了。"

季至巡没有说话。宋以东笑了笑，看着董冬冬："我们先回去吧，等乔岚回来。"

回来，回哪儿呢？

季至巡靠在墙上，腹部的伤口隐隐作痛，很明显，宋以东此时正在以她的家人自居，来交代他这个外人。

他的每一句话，都在告诉他，横亘在他和乔岚之间的那道线，是没有办法跨过去的。

走廊渐渐变得空荡，季至巡抬起头，看着眼前的乔岚。

他忽然拉住她的手腕，似乎是不甘心般："我们回去。"

我和你，我们，一起回去。

乔岚没有挣扎，她单手插着兜乖乖跟在他身后，看着他握着自己的手，骨骼修长，指腹微微粗糙的茧轻轻摩挲着她腕上的皮肤。

有些痒。

季至巡拿起电话，声音不似之前的插科打诨，而是少有的严肃："把车开过来。"

乔岚也不想去了解季至巡在想什么，两人下了楼，车子刚好停在乔岚的面前。

"馆长。"司机位的人下来，递给他一件外套。

季至巡就这样披在了外面，可是乔岚也不得不承认，即使是这么奇怪的搭配，在他身上也难掩他天生的气质优雅。

季至巡意识到她的目光，侧头紧盯着她。

乔岚笑起来："我可以等你换完衣服。"

季至巡却开了车门，径直把她塞进副驾驶位。

乔岚乖乖地系好安全带，季至巡从另一边进来，熟悉的气息瞬间充盈着这狭小的空间。

　　她侧偏着头："你的伤没关系？"

　　"害怕一起死吗？"

　　车子如离弦的箭般冲了出去。乔岚笑了出来，明媚流转："季至巡，我们已经一起死过了吧？"

　　季至巡的确是想和乔岚好好谈谈，可是他没想到，她居然会主动提起以前的事。

　　路两旁的建筑迅速地朝后退去。

　　她轻轻念他的名字："季至巡。"

　　她喜欢听他淡淡的气音，总能想到他微微颤动的喉结，把手放在上面的时候，仿佛触摸到了整个世界的温柔。

　　事实上她真的忍不住这么做了。

　　车子猛地停在路边。

　　季至巡双手紧紧握着方向盘，胳膊上隆起青筋。他侧过头，目光透着几分隐忍："乔岚，你知不知道你在做什么？"

　　"季至巡。"乔岚直视着他的眼睛，"我想过了，昨天我以为你不会醒过来的时候，是害怕的，就像当年看着我爷爷在我面前死去一样害怕。"

　　季至巡等着她说下去。

　　"所以，我不想否认，我还喜欢你。"

　　我不知道我有多恨你，可我还是想爱你。

　　季至巡轻笑了一声，这个世界上，能轻易撩拨他的心弦的人，看来也只有她了。

很好，季至巡握住她的手，反反复复揉搓着她的掌心，声音醇厚而低沉："乔岚，这个世界上，没有人能像你了。"所以你一定不知道，你的一句话对我来说意味着什么。

就算前面是万劫不复的深渊，我也会毫不犹豫地跳下去。

五、一碗清汤，两只小勺

季至巡带着乔岚回到了文物馆。

他经常会在那里过夜，所以在整个展览管的后面有一处小别墅，那是他一直小心珍藏被叫作家的地方，只是很少回来而已。

乔岚站在门口，季至巡拉着她进来："这几天你就住在这里吧。"

"不是以后都住这儿？"乔岚挑眉。

可季至巡显然比她老练得多："嗯，我以为你会比较喜欢你五环外的老房子。"

说起这个乔岚才意识到——"你是什么时候搬过去的？"

季至巡笑笑："你觉得呢？"

不就是那几天她躺在家里补眠的时候，说实话，那个装修声音，她甚至还想过去淘宝上买一个吊挂式发动机，就挂在屋顶上，每天晚上打开振他个二三十分钟。

她转过身想说这事的时候，季至巡似乎是进了厨房。

　　她跟着过去："季至巡。"

　　季至巡愣了一下，手里的东西已经来不及被倒进垃圾桶了。

　　是他今天早上才叫人送过来的生煎包，他没有亲自去排两个小时的队，他已经不年轻了。

　　乔岚笑了起来："你早就决定了把我拐回来？"

　　季至巡已经换上了简单的家居服，长手长腿地站在厨房里，没有一点儿违和的感觉。他转过身："早就猜到你会跟我回来。"

　　"是吗？"

　　乔岚就这样靠在厨房门口，看他一手拿着菜谱，一手拿着汤勺，轻轻地搅动着锅里的鸡汤。

　　大概也没有人会像他一样，昨晚被人捅了刀子，今天却能气定神闲地站在这里炖鸡汤，而且能把炖鸡汤这种事情干得像是雕刻艺术品一样。

　　乔岚忍不住心口的暖意，忽然记起来，季至巡自小跟着他爷爷在故宫边上长大，很多故宫搞文物的老师傅都带过他，所以，她以为他也会是修复师的。

　　"季至巡。"

　　"嗯？"

　　她其实没什么想说的，就是忽然想叫叫他的名字。

　　季至巡侧头看她，盛好了汤端出来。

　　"你把我文轩外面的椿树给砍了？"

　　乔岚想了一下，文轩大概是她修唐三彩的那间屋子，那个时候是觉得外面一棵大树太影响光照和湿气了，对文物不好，便自己找了锄头砍了半边。

"大概是的。"她应了一声，跟着坐过来，准备等着季至巡将鸡汤送到她面前。

可季至巡却端着汤自己喝了起来："你倒是从来都知道我不会拿你怎么样。"

乔岚笑着，眼角有得意的神情。

季至巡将汤凉温了递给她："下午我有事出去，等我回来！"

乔岚点点头。她忽然觉得一切没那么重要了，像现在这样，一碗清汤、两只小勺，好像就可以是一辈子的事情。

窗外已经看不到摇摇晃晃的椿树了，乔岚看着眼前残破的瓷器，调着盘里的颜色，创造性修复，她已经很久没有试过了。

毕竟爷爷过世后，很长一段时间内她都不再碰瓷器类了。

电话响起来，是董冬冬。

乔岚想了一下才记起来自己好像说过托她送东西过来的话。

还没接起电话，董冬冬的声音就从窗外传进来："小师姐！"

乔岚看过去，董冬冬从来就不是什么走寻常路的人，她走到窗子边。董冬冬气喘吁吁地站在她面前，一脸神秘的样子："小师姐我看这里安保措施并不怎么样，我可是偷着跑进来的！"

乔岚扔过去一个白眼："东西带来了吗？"

董冬冬从包里掏出一个信封，又递过来一个纸袋，印着"老城楼"的糖炒栗子。

"喏,师傅排了好几个小时的队给你买的呢。"

乔岚接过来,皮笑肉不笑:"辛苦你了。"

董冬冬犹豫了半天,还是开了口:"乔岚。"

她很少这样喊她的名字,乔岚听着。

董冬冬却泄了气,低着头有些有气无力:"我和师傅都等着你呢,你什么时候回我们大部队啊?"

"快了吧。"乔岚看着那棵只有半边的椿树,想了想才说,"很快了。"

董冬冬刚走,宋以冬的电话便打了进来。

"谢谢你的糖炒栗子。"

宋以冬的声音透着笑意:"你难得喜欢,也难得适合你,吃了不会对身体不好。"

"嗯。"乔岚轻声应着。

"修补得怎么样了?"宋以冬又问。

乔岚想了想:"一个星期吧。"

一个星期而已。乔岚放下手里的毛刷,拿着电话:"宋以冬,"

"怎么了?"

"我已经想好了。"

电话那头是长久的沉默,似乎连呼吸声都听不到,乔岚靠着墙壁,似乎只有冰冷的刺激才可以让她镇定下来。

过了好久,直到她以为宋以冬不会再回答的时候,他却说了四个字："那我陪你。"

"可以拒绝吗？"

"那是你的事情。"

六、她只是在这一刻分外笃定，自己想要的，除了他，没有别的

季至巡回来的时候，文苑的灯还亮着，他走进去，乔岚似乎劲头正大。

"一定要这么赶吗？"

乔岚眼睛都没离开文物一下："这点儿不做完，明天就衔接不上了。"

季至巡笑了声，目光停在桌子上的一堆栗子壳上。

"你还挺有闲情逸致的。"

乔岚看过去，才知道他指的是什么："总不能饿着自己吧！"

"没吃晚饭？"

"不然呢？"

"我也没吃。"

乔岚以为他至少会关心一下自己，却没想到就这样没了下文，她瞪过去，刚准备纠缠两句，忽然周围一片黑暗。

乔岚愣在原地，这是停电了？

季至巡肯定了她的疑问："嗯，最近这片电压挺不稳定的。"

乔岚有些惊讶："你这边可是文物收藏馆哎，随随便便没电真的好吗？"

"看得见来我这里吗？"季至巡的声音在漆黑的夜里更显得醇厚，似乎有一种蛊惑人心的力量。

乔岚也没有再在停电这件事上计较下去，试着往他那边走过去，却不小心绊到什么，再站稳的时候，已经搭上了他的手，他微微用力，她便跌进他的怀里。

一瞬间的僵硬，乔岚想推开，却被箍得越来越紧，她似乎已经察觉到季至巡的不对劲。

"季至巡。"

"嘘，不要说话。"季至巡的呼吸喷打在她耳边，每一个字都敲打在她心上，"我很想你。"

我很想你，是在心里百转千回，辗转过无数次夜不能寐的深夜后，才化成嘴边的四个字，说出来的时候，已经不仅仅是很想你了。

乔岚渐渐地软在他的怀里，直到眼睛渐渐适应黑暗，窗外的星光点点地洒进来，他才微微松开她。

"要跟我去一个地方吗？"

乔岚没来得及点头，便被季至巡牵着走。她没有问去哪里，反正去哪里，都走不开他身边。

只是乔岚没想到，季至巡竟然这么有闲情逸致，居然带她来了门口放烟花。

　　她站在原地看着季至巡不知道从哪里拿出的一盒小线香花火，还是忍不住说道："你这边可都是文物古董，你知道你这燃放花火的有害气体会伤害它们的吗？"

　　"怕什么，我们这里环保系统做得好。"

　　"那也经不住你这样玩啊。"

　　季至巡没说话，拉着她蹲了下来。其实是很小的烟花，一端捏在手里，另一端刺啦刺啦地冒出银白色的火花，像是从指间冒出的星光。

　　乔岚笑了起来："你哪儿来的这个？"

　　"今天回来的时候一个小姑娘送给我的。"季至巡看着手里渐渐燃尽的烟火，袅袅青烟悠然而上。

　　乔岚冷笑："你还挺招人喜欢的。"

　　"那你呢？"

　　烟花燃成灰，周围又陷入一片黑暗。乔岚一时愣住了，季至巡的声音却越来越近："乔岚，那你呢？"

　　乔岚有些莫名其妙，席地而坐，抬起头看着头顶从云彩里露出一角的月亮："我也挺招人喜欢的啊。"

　　季至巡笑了一声："还需要多久。"

　　乔岚心下一乱："什么？"

　　"那匹丑马。"

　　明明是唐三彩好不好！乔岚想了想："三四天吧。"

"那三四天后呢？"

乔岚愣住了，三四天后，她站起来："那个时候我就失业了，然后等你养我啊。"

她转身欲走，却忽然被季至巡拉住了手。

乔岚回过头，季至巡站了起来，一手扶着她的腰，一手握着她的手腕背到身后，紧紧地将她压向自己。

"乔岚……"

乔岚借着月光看见他的脸，那样精致的一张脸，她没有多余的反应，微微仰起头，吻上了他的唇。

她不想去听他要说的话，只是在这一刻分外笃定，她想要的除了他，没有别的。

季至巡显然没有想到乔岚的主动，他缓缓退开一丝距离。

"乔岚，你真的想好了吗？"

"季至巡，我今天等了你一天。"

"嗯，以后不会了。"

他附身吻上她的唇，温柔缠绵。他弄丢了这么多年的小姑娘，此刻正在她的怀里，柔软得像是那一年的风。

七、乔岚，我要拿你怎么办呢？

那一晚的夜光格外亮眼，乔岚窝在季至巡的怀里，长长的睫毛在脸颊投下一处阴影，瓷白的肩膀裸露在外，上面还有青紫的痕迹。

也只有这个时候，她才会乖得像一只猫。

手机响了一声，季至巡小心翼翼地拿过来："馆长，现在可以开始供电了吗？"

他回了一个字，便删了短信。

手机又响了起来，他拿起来，刚好看见屏幕上一行文字。

外面大大小小的灯渐渐亮了起来。

乔岚缓缓睁开眼，带着些小女人的娇羞，迷迷糊糊地叫着他的名字："季至巡……"

"嗯？"暗哑而性感的声音。

可乔岚似乎是又睡着了，季至巡笑了声，将头埋在她的肩窝。

"乔岚，我要拿你怎么办呢？"

乔岚醒过来的时候，季至巡已经不在了。

她拿起手机，上面有宋以冬发过来的短信，他说："已经将季承德的作案证据交给警方了。"

季承德是季至巡的爸爸。

也是当年亲手将她爷爷推向死亡的罪魁祸首。

当年博物馆失窃案，季承德暗度陈仓，靠着在博物馆修文物的季至巡爷爷的关系倒卖文物，最后被发现时，却将所有的事情推给乔岚的爷爷。

乔岚爷爷一身正派，自然受不了这个冤枉，因此一病不起。那个时候的乔岚就连给爷爷治病的钱都没有，更别说高昂的赔偿，她想找季至巡却没有他的消息。

全世界仿佛一下子只剩她一个人，尽管后来弄到了钱，可是已经来不及了。

爷爷去世了，季承德依然逍遥法外。

如今宋以冬告诉他，季承德已经伏法。

可她却一点儿都感觉不到释然，反而被"季至巡"三个字压得喘不过气来。

季至巡，想到他就会疼，绝望如同藤蔓一般蔓延至全身的各个角落。

她光着脚走出来，桌子上是还冒着热气的早餐，杯子下面压着字条："乖，等我回来。"

这一刻，她再也忍不住，瘫软在地。

季至巡，我可能等不到你回来了，当年那笔钱来得不干净，我没办法让这样的自己跟你一起走下去。

季至巡是在博物院附近的咖啡馆里找到董冬冬的，一向单纯懵懂的女孩子此刻脸上却有些故作狰狞。

她将手机放在桌子上。

乔岚的声音从播放器里飘出来，她说："昨天季至巡躺在那里的时候，我甚至想过，就这样看着，看他们是怎么杀死他的。"

那是那一天在医院的时候，她说过的话。

董冬冬的脸上扬起一丝得意的笑。

"季至巡，你大概不知道她有多恨你！你的爸爸害死了她的爷爷，她最无助的时候你却不在，你凭什么要她爱你！"董冬冬有些愤怒地嘶吼着。

季至巡抿着唇，瞳孔里氤氲起白茫茫的雾气，他忽然想起那一天，他其实哪儿都没有去，本来是有工作的，却在路过监控室的时候瞥见屏幕上她的身影。

便就那样坐了一天，他看见她小心翼翼接过栗子的样子，看见她努力想要修好瓷器的样子，甚至看见她说，修好了就回去。

所以从始至终，她都没有想过要留下来吧。

可是尽管知道那是谎言，却还是忍不住想要试着去相信。

可是没想到，她居然这么恨他。

董冬冬见他没有反应，更加咬牙切齿："你知道当年她给爷爷治病和赔偿文物的那笔钱哪里来的吗？你们家放古董的地方，当年是她放火烧的，她本来是想偷古董拿去卖的，可是后来却害怕了，卖的全是赝品。"

董冬冬的声音沾了一点儿哭腔："所以她要去白首了你知不知道，她亲手把你有罪的父亲送到监狱，可是她也要承认自己的罪行你知不知道！"

季至巡抬起头，光影打在他脸上，一半明一半暗。他站起身，从始至终只说了这一句话："放心吧，不会的。"

董冬冬看着他离开的背影，差点儿吓软在地，她拿起手机颤颤巍巍地打出去："小师姐，我已经跟他说了。"

八、喜欢上了，就一直喜欢，多少更好的都千金不换

乔岚并没有等到季至巡回来。

反而等到了宋以冬来接她的车子。她看着宋以冬，声音喑哑："我还能等到他回来吗？"

"他大概不会回来。"

乔岚心底一阵强烈的不安，张了张嘴却发现说不出话来。

宋以冬的声音平静得不带一丝波澜："乔岚，季至巡……自首了。"

"自……首？"

"嗯，纵火罪、贩卖假文物罪……"

"假文物……"乔岚有些不可置信，那些明明都是她做的事情。

"季至巡的整个收藏馆，怕是除了你正在修复的那件唐三彩，其余的全是赝品。而当年你从他那里拿去卖的，都是被他换过的真品。现在留的，才是你们当初做的仿品。"

乔岚低着头说不出话来，她以前和季至巡跟着爷爷在博物馆的时候，经常会学做一些瓷器，爷爷说，要修复一件东西，就要能完整地把它还原。

那个时候她和季至巡唯一的乐趣，便是看谁做得像。

"所以，你没有贩卖文物罪。"

"那贩卖真的文物……"

"算是私人收藏家之间的古董交易而已。"宋以冬有些不忍心说下去，"那场火，也算是季至巡救了你。你晕在里面的时候，是他进去救了你，他的手，在那个时候受过伤，所以再也没有办法做文物修复了……"

乔岚只觉得自己的脑袋里有一万种声音在争先恐后地嘶鸣，她听不明白，也不懂，为什么是他去自首，为什么不管是她的错，还是季承德的错，到最后全揽在了他一个人身上。

宋以冬轻轻地拍着她的头："乔岚，我其实不想告诉你这些，明明可以让你继续恨他一辈子的，可是，他却是你唯一的季至巡。"

那又怎么样呢？她说了那样的话想让他恨她，至少她可以心安理得地去自首，可是现在，季至巡却大概让她一生难安了。

乔岚又花了三个星期才修好那件唐三彩，离开的那一天是她的生日，宋以冬带着她和董冬冬去海边放烟花。

可是自始至终，只有董冬冬一个人玩得开心而已。

宋以冬站在乔岚旁边，海风鼓起了他的衬衫。他看着一望无际的海平线，有些自嘲地笑了起来："没想到我三十二岁的时候，还在学习怎么追一个女人。"

乔岚侧过头看他："董冬冬是个好女孩儿。"

宋以冬低头笑了声："乔岚，没想到我还是太老了。"

董冬冬跑过来，不明白他们在说什么，紧紧挨着乔岚坐下来："为什么是季至巡，不会是师傅？"

乔岚看着远处的海鸥，笑着揉了揉董冬冬的脑袋——喜欢上了，就一直喜欢，多少更好的都千金不换。

"他可能不回来呢？"

"没关系我一定等。"

乔岚是被装修的声音吵醒的。

她猛地睁开眼，眼睛直勾勾地盯着楼上。几乎时一瞬间的事，她从床上跳下来，光着脚跑到了楼上。

穿着一身黑色休闲衣的男人靠在门框上，除了剪短的头发，其他的一切与刚刚梦里的人完全重合。

她觉得自己有些走不过去了，只能站在原地，声音却难得平静："季至巡。"

"嗯？"

"有句话我一直没有来得及跟你说。"

"全世界唯一的那个人，我选择的是你。"

透明人间

＼

我来到这里，他说我会遇见一个人。
然后呢？
然后，我爱他，胜过这个世界。

一、过去和未来，你要看哪一个？

蓝色的卡车撞过来的那一个瞬间，何遇听见了骨肉分崩离析的声音，汽车的碎片插进自己的左边胸口。他看见满目猩红的血色从自己的身体里流出，然后就是黑暗，无尽的黑暗。

是死了吗？

是死了吧。

从身体里流出来的血染红了路人的鞋边。

"死者何遇，二十六岁，心脏粉碎当场死亡，身体里检测到安眠药的成分。暂时无法判定是否有他杀可能性。"

　　好了，一切都结束了。当他喝下那杯水的时候，一切都结束了。

　　耳边浮沉着那道冰冷却又温柔的声音，仿佛上帝一般浅浅的吟唱："何遇……何遇……"

　　"你是谁？"

　　依旧温柔的声音，何遇试图睁开眼，朦胧间仿佛看见一个黑色西装礼服的男人，戴着一顶半高的礼帽，飘浮在空中居高临下地看着他："你已经死了。"

　　何遇看着他嘴角浅浅的笑："我知道。"

　　"你不知道。"男人反驳，"你不知道，在这个世界的隔壁，还有另外一个平行的世界。那里有着跟这里一样的所有，那里也有另外一个何遇。"

　　男人的表情有些得意："不过他比你运气好，他还活着。"

　　何遇笑："所以呢？"

　　"在去那个世界之前，过去和未来，我可以让你看见一个，你选哪个？"他问何遇，"要选哪一个呢？"

　　就像小时候妈妈问，这个和这个，只能选一个，你要哪一个呢？

　　何遇想，这一个吧。

　　因为不确定自己是否还有未来，所以比起那些，他更想知道自己究竟是怎么死的。

　　他想，他准是选择了过去了吧。

二、这个世界上的何遇有两个，很不错吧？

何遇睁开眼，头顶的水晶灯发着亮眼的光，刺得眼睛有些疼。他动了动手指，然后听见旁边一个小姑娘的声音。

"啊，江淮医生，他没事吧？"小姑娘的声音一惊一乍。
"嗯，你看。"江淮摩挲着下巴，示意她看看病床上。
女孩儿回过头，对上何遇有些迷糊的视线，眼睛瞬间亮了起来："啊，你终于醒了！"
她跑到病床边，扶起想坐起来的何遇，将枕头塞到他的身后。
何遇看着她，微皱着眉头，愣了三秒，他才缓缓地问："你是谁？"
女孩儿手上的动作忽然顿住，她看着他的眼睛，良久，反问："那你知道你自己是谁吗？"
何遇。
何遇抚上自己的胸口，感受着肋骨下的胸腔里传来的一声声的震动，他当然知道，他还知道自己已经死了。不对，应该是在那个世界的何遇已经死了，所以，他的意识和本体来到这个世界。
一切仿佛新生般，他是重新存在于这个世界上，活生生的何遇。

何遇看向眼前的女孩子，薄薄的刘海儿、很亮的眼睛，笑的时候像是一条小鱼。

她松了口气："那就好，我是听夏，听见夏天的那个听夏。"

女孩子解释着："你忽然出现在我们店门口，满身是血的，吓跑我们不少客人呢。"

何遇这才注意到她的衣服，似乎是某家餐厅里的工作装，大概是太瘦的原因，蓝色的 T 恤穿在她身上有些大，有些地方还有些暗红色的血迹。

他皱了皱眉，掀开被子准备从床上下来。

"不行！"听夏却忽然急急地扑过来，一时没注意脚下，一个踉跄刚好跌进他的怀里。

何遇的手搭在她的腰间。

属于男人手心里的温度透过薄薄的衣料传过来，温厚而有力。听夏愣了两秒，忽然腾地站起来，红着脸顺了顺衣服上的褶子："那个，我的意思是……你刚醒，最好不要乱动！"

她说着，小心翼翼地将手里的保温桶递到何遇眼前："这是我自己做的，特别补，你喝完才可以动。"

何遇没有去接，他看着自己的手，分明还记得，触上她的那一刻，耳边那个温柔冰凉的声音："这个世界上的何遇有两个，很不错吧。"

很不错吧。

那么，另外一个何遇在哪里？

何遇看着听夏，眼底漆黑一片："听夏？"

听夏被喊得一愣："啊？"

何遇问道："你之前认识我？"

听夏端着饭盒的手一晃，却及时被另一双手接住。一直站在门口没有说话的江淮不知什么时候走了进来，他将保温桶递到何遇面前："她只是送你来医院的人而已。"

听夏有些欲盖弥彰地看了眼江淮，又看向何遇："嗯，对。既然你没事了，那我就先回去了，再晚了老板就要开除我了……"

江淮应了声："这里交给我就好了。"

听夏点点头，拿起旁边的包像是要落荒而逃，谁知刚转身，却被拉住了手腕——巨大的力道将她拉近，何遇身上的温度瞬间将她环绕。

她看着近在咫尺的脸，心脏突突跳动的声音在耳边格外清晰。

"何遇……"

"你要把我扔在这里？"

"啊？"

"我找不见回去的路了。"

"啊？！"

"你要负责。"

三、想要忘记，却又忘不掉，这种感觉叫什么？

何遇跟着听夏回了家。

　　一路上，两人保持着不远不近的距离，她抬眼悄悄去看他的脸，坚硬的轮廓，鼻梁的弧线恰到好处，薄唇紧紧地闭在一起，眉头微微地皱着。

　　何遇侧过头，与她视线相遇。

　　听夏心虚地抬手理了理额角的头发，问道："你……真的不知道自己家在哪里？"

　　"嗯。"何遇点头，

　　"可是……"

　　"我伤口有些疼，"何遇打断她，声音带着些疲惫，"头也昏昏的。"

　　听夏看着他有些苍白的脸，心里一慌："会不会还没彻底好，要不要回医院再看看？"

　　"休息一下应该就好了。"

　　他往听夏那边靠了点儿。

　　听夏心都提了起来，扶住他的胳膊，又想快点儿回去，又担心累到他……就在这样的煎熬里，好不容易到了家。

　　听夏打开灯，回头看了一眼何遇："那你今天就在这里……先住一晚。然后，我再帮你想想办法。"

　　何遇侧头："那你呢？"

　　"我……去楼上，江淮医生家。"

　　"你跟他很熟？"

听夏忽然觉得有些心虚，重重地摇头："只是他们家房子比较大。"

何遇没再说话，进了屋子："我睡地上就可以了。"

"啊？"

听夏看着他倔强的背影，追上去："你身体刚好，睡地上多难受。"

何遇停下步子，回过头。听夏急急地刹住车，听着他沉沉的声音在头顶："那你睡地上，我睡床。"

"可是……"听夏没来得及说话，何遇已经径直往里走去。她回过神，忽然冲到前面拦住他，"啊啊啊，你等等。"说完冲进房间重重地关上门。

何遇听着里面收拾东西的声音，环视着这个小小的地方。听夏住的地方很小，薄薄的一层月光透进来，窗台上的猫迈着慵懒的步子，忽然钻进帘子里。

他有一种预感，这里他一定来过，他也一定见过她。可是他分不清，这些感觉究竟是这个世界的何遇，还是属于他的。

打开门，听夏探出一颗毛茸茸的头："那个，可以了。"

何遇深深地看了她一眼："听夏。"

"嗯？"听夏钻出来，眼睛亮亮地看着他。

"你有没有什么想要忘记，却又忘不掉的事？"何遇的语气似乎并不是在问听夏，而像是自言自语，让听夏愣了好久。

想忘掉却又忘不掉，这种感觉叫什么呢？

何遇想，他见到听夏的第一眼，就是这种感觉。

那么，听夏，你到底是谁？

四、眼泪你想要什么味道的？

听夏特地去楼上江淮那里给何遇借了套衣服。

江淮意味深长地看着他："我一直以为，你挺传统保守的。"

"不是啦。"听夏被说得脸一红。

江淮笑笑："开玩笑的，要是他晚上有什么问题，要告诉我哦。"

听夏慎重地点点头。

回去的时候，看到何遇正躺在她的床上，背靠着墙不知道在看什么。她喊他："何遇？"

何遇回过头，黢黑的瞳孔看得听夏心里一慌，她将衣服放在旁边的柜子上："这个，是你的衣服。"说完怕他介意似的，又补充了一句，"是新的。"

"你这里还有男人的衣服？"何遇看她，声音很轻。

听夏立马有些口齿不清："不是的，这个只是我，我从江淮医生那里借过来的。"

何遇有气无力地"嗯"了一声："那我先睡了。"

"可是，"听夏想说什么，却瞥见他红得有些不自然的脸，她跑过去，"何遇？"

他没有回应。她伸手触上他的额头，微烫的温度传过来，她心里一惊，下意识地准备去找江淮。

却被何遇拉住了手腕，仿佛看穿了她的意图："不用去。"

"但是你在发烧啊。"听夏语气有些急，"就不应该带你回来的，你明明身体还没好……我……"

"你不带我回来，我说不定就死在那里了。"

听夏不明白。

"你以为，我为什么会浑身是血地躺在你们店门口？"何遇说话已经有些吃力，"即使被你救了，只要找得到，他们也有办法杀了我。"

"他们？"听夏越听越糊涂，随即想到什么似的，没有再问下去，她垂着眼睛，声音放缓了许多，"那我去给你找退烧药。"

何遇缓缓抬眼，看着听夏走出去的背影，单薄而柔弱。他将目光移到窗台上坐着的穿着黑色西装礼服的人身上，对方嘴角上扬，声音温柔："怎么样，很不错吧？"

何遇看他："何遇在哪儿？"

他笑："不是在这里吗？"

"另一个。"

他笑出了声："你不是猜到了吗？和你一样，被杀死了，而你替他活过来了，可是能活过来的，却只有一个。"

何遇沉默，那么，自己是真的死了吧，现在以另外一种微妙的身份活在另外一个世界，有重合的地方，却又有不一样的地方，比如那个世界也见过的江淮，比如，从来没有见过的听夏。

窗台上的人笑起来："怎么了，很难过吗？"

何遇不说话。

男人忽然想起什么似的，扬着眉毛继续道："如果想哭的话，眼泪你要什么味道的？酸的、甜的、咸的、苦的？"

何遇眼睛看着前面，仿佛喃喃自语般："是不是因为有听夏在，所以何遇必须存在？"

而死去的那个何遇，他从来都是一个人。

没有得到答案的人有些不开心："谁知道呢！"

五、心跳的声音，你需要吗？

听夏第二天回来的时候，何遇已经好很多了，甚至还可以在屋子里走来走去，翻箱倒柜地捉那只猫。

听夏有些惊讶地站在门口，猫从墙角钻出来，准确无误地跳到她的怀里。

何遇看着她手里的一包东西："我饿了。"

"啊！"听夏才反应过来，"那你刚刚是要吃掉我的猫吗？"

何遇投给她一个莫名其妙的眼神。

听夏笑了笑，走过来递给他一个袋子："喏，这是新买的，不知道合不合适，但是我已经尽力了。"

何遇接过来，是一些衣服，从里到外，从上到下。

何遇看着她："你自己去买的？"

听夏支支吾吾了半天："我先去给你做饭了。"鬼知道她买这些衣服的时候有多窘迫。

听夏的手艺很不赖，何遇想了想，这大概是人生第一次，有人专程为他做好饭，然后坐在他的对面，小心翼翼地看着他尝每一道菜。

"怎么样？"听夏眼睛里带着小小的期待。

何遇顿了顿："饿的时候什么都好吃。"

"是吗？"听夏长长地叹了一口气，"饿的都好吃，好吃的都容易饿。"

何遇没有听清她在嘀咕什么，只是忽然觉得，这样的感觉他以前从来没有过，如今这样，他很满足了，尽管并不是真的属于他的。

听夏不知道这算不算是同居，何遇就这样住进了她的家里，以一个陌生人的身份。

她从房间出来，看着坐在沙发上的人，穿着她选的衣服，整个人暖融融的感觉。她走过去，何遇似乎是睡着了，侧头靠在沙发上，长长的睫毛覆在眼睑下方，似乎还能想象得到，他看她时，眼底那抹不见底的黑。

听夏屏着呼吸又靠近了一点儿。

忽然，何遇睁开眼，听夏僵在原地，有一种整个人瞬间石化了的感觉。她张了张嘴："那个……这个领子不是这个样子的……"

听夏说着，准备伸手去翻何遇的领子，却又被他捏住了手腕。

她对上他的目光，眼里的仓皇无处遁形。

"听夏。"何遇叫她的名字。

"嗯？"

"我背疼。"

"啊，你没事吧，要不要……"听夏眼里染上焦急，手伸到后面准备替他按压一下。

可剩下的词句断在突如其来的拥抱里——何遇一手抓住她的胳膊把她带到怀里，一手环上她的肩。

听夏的手渐渐地放下来，落在他坚毅的背上，听他低沉的声音，带着一丝蛊惑在耳边响起："听夏，我是谁？"

"何遇……"

"告诉我，在你的心里，我是谁？"

何遇看见了听夏那天藏起来的东西，是一块透明的吊坠，里面封存的是一片雪花，世界上独一无二的永远也不会融化的雪花。

那是他三年前和科研队一起去南极的时候，跟着那些人亲手制作的。他不记得自己的那个吊坠送给了谁，可是既然这里的何遇将它送给了听夏，那么听夏又怎么会不认识他？

听夏靠在他的肩头，嘴角浅浅的笑："何遇，在我的心里，就是何遇啊。"

何遇心里一动。心跳的声音，你需要吗？那个声音又在耳边。反反复复地问，心跳的声音，你需要吗？

听夏稍稍挣开，看着何遇，一个字一个字地说道："何遇，就是全世界，独一无二的何遇。"

"那为什么要逃开？"何遇问她。既然如此，为什么要不认识他？"因为我有所谓的未婚妻，还是因为，我说自身难保所以保护不了你的安危？"

何遇实在记不起来，这个世界的何遇，为什么会将听夏推开，他毕生所求，难道不正是这么一处归宿？

听夏摇头，眼泪流出来："因为我找不到你，何遇，我找了好久，才找到你。"

何遇看着她眼角的泪，心里顿然空了一大块。他轻轻抱住她，嘴角划过她的眼睛："怎么会找不到我呢？"

何遇轻声呢喃，眼泪的味道在舌尖晕开，是咸的，有些苦。

六、如果心脏可以有两个呢？

何遇又遇见了江淮一次，在电梯里。

他依旧面带温润得体的笑："原来你还在这里。"

何遇点头"嗯"了声。

江淮似乎记起来什么，从包里掏出一张纸："联系不到你，所以准备就给听夏的，现在也好，这是你上次检查的结果。"

　　何遇接过来，江淮继续说道："没什么大问题，只是心脏方面，总觉得有些奇怪。怎么说呢，好像只有一半的心脏。不过，报告上来看并没有什么大问题。"

　　何遇说了声"谢谢"。

　　"对了，我觉得听夏最近看起来好像挺累的，她身体也不怎么好，有时间可以带她来医院体检一下。"

　　何遇出了楼，将报告扔进了垃圾桶。穿黑色西装礼服的男人跟在他身边，飘浮在空中看着他的左边胸腔。

　　"怎么样，害怕吗？"

　　何遇睨了他一眼。

　　"只有一半的心脏……"西装男摩挲着下巴，想了想，"如果心脏可以有两个呢？我给你两个心脏，左右各一个，鸣响在胸腔的两侧，怎么样，很不错吧？"

　　"不用了。"何遇打断他，看着对面走过来的几个人。

　　"何先生。"几人颔首，对何遇十分恭敬。

　　何遇点点头，至少这个世界里，自己的身世都是重合的，他必须查到自己究竟是怎么死的，不管是在那个世界还是这个世界。

　　"怎么样了？"何遇问。

　　"的确有人在你的车上动了手脚，那卡车也是有人安排。"其中一人说道。

　　何遇微微皱起眉头，在那个世界，自己是因为服了安眠药所以才会让他们有机可乘制造车祸意外，而这个世界里，是直接在车子上动手脚了？

"其他的呢？"他又问。

"按照先生的吩咐，查了何夫人的联络记录，的确……"

那人没有说下去，可是何遇大抵也知道了。他果然猜得没错，趁着父亲去国外，那个女人自然不会放过这个机会，她要他死，然后她在外面的私生子便可以名正言顺地进入何家。

何遇笑了笑。忽然想起很久以前，自己的母亲以死相逼，问父亲，我的孩子，和她的孩子，你选哪一个。

毕竟是结发十几年名正言顺的夫妻，父亲选择了他，也答应绝不会把那个孩子带回家。

可是那个时候，他的母亲哪里会知道，她以为是正确的选择，却毁了他的一生。

听夏换下一身油烟味的衣服，出来便看见了江淮，后面还带着一个女人，看起来很年轻的样子，穿着雍容得体。

她笑着过去打招呼："江淮医生，好巧。"

江淮大概是早就看见她了："不巧，特地带我妈过来尝尝你的手艺。"

听夏一愣，看向他身后的女人，有些惊讶的样子："这是……"

江淮介绍："我的母亲。"

"啊，江阿姨好。"听夏赶紧打着招呼。

女人笑了笑，神色与江淮有几分相似，眼底是温柔的善意："江淮老说你的手艺好，一直想带我来尝尝，今天好不容易都有时间了，却没赶上你的时间……"

听夏有些抱歉地笑着："既然阿姨都来了，那我就给江淮和阿姨再做几道菜了。"

"真的吗？"

"嗯！"听夏点点头，只不过，又要苦了何遇在家饿肚子了。

"麻烦你了。"江淮拍了拍她的头。

七、你的愿望都实现了吧？

何遇找到听夏店里的时候，听夏刚好出来。看见他的时候，她眼睛都是亮晶晶的："你怎么来了？"

"我饿了。"何遇回答得理所当然。

听夏摊摊手："这里有一道属于我们的菜，要吃吗？"

何遇侧头，有些疑惑。

听夏却故作神秘地拉他进店里，指给他看菜单上最亮眼的那一道菜："看，遇夏，何遇和听夏，全世界只有这里有哦。"

何遇想，如果再来一次，他一定不会忽略那个时候听夏眼底的欣喜，可是还要多久他才会知道，那是他最珍视的东西。

何遇看着门口一闪而过的身影，紧紧凝着眉心。

听夏喊了他几声，顺着他的目光看过去："那是江淮医生的妈妈，怎么样，很年轻吧？"

"江淮？"何遇的眉心越蹙越紧，"江淮的妈妈？"

"嗯。我也才知道，江淮就是那个很厉害的何家的少爷，不过他比较喜欢当医生，所以就出来了，避免身份暴露就跟着妈妈姓了。"

你在说什么，什么江淮才是何家的少爷？

越来越乱了，何遇越来越不能理解这个世界了。那个女人明明就是杀死他的凶手，江淮和那个女人，联手杀死了他。

"对了，"听夏看着自己手里的东西，"何阿姨刚刚把这个落在这儿了，我先给她送过去。"

何遇没有拦住听夏，他看着她冲出去，朝着车子里的女人招手。

那一瞬间，那车里的女人眼底冒出尖锐而恶毒的怨气，她要撞死听夏，最起码不能让听夏和江淮在一起，江淮看听夏的眼神，太危险了。

"听夏！"何遇冲出去的时候，似乎已经晚了。尖锐的刹车声，和那个时候的一模一样，他心脏一阵剧烈的疼痛，宛如被生生地撕开。

然后他看见冲出来的江淮，将听夏推开了。

一瞬间，所有的人静止在原地。

"听夏。"他跑过去紧紧地抱住她。

如果心脏可以有两个呢？他想，心脏只要一个就够了，这样才可以听见两份心跳鸣响在胸口的两侧，左边是他的，右边是她的。

"何遇。"听夏的声音细如蚊蚋。

何遇抓着她的手，渐渐变得透明的手，渐渐变得透明的身体，他忽然记起来，在他漫长而孤独的一生中，好像总能梦见一个人，透明的，存在于他的生命里。

她是听夏。

听夏伸手抚上他的脸，眼里的光一点点地变淡："我来到这个世界，他说我会遇见一个人。"

"然后呢？"何遇的声音有些哽咽，

"然后我爱他，胜过这个世界。"

那个西装男冰冷温柔的声音响起，带着些自作聪明的笑意："看见了吗，在这个平行的世界里，江淮才是淡泊明志的何家少爷，而你才是那个被父亲抛弃的不得志的儿子。就像你想要的那个样子。"

何遇试图抓住听夏的手，可是，却只剩透明的空气带着她的体温在手心盘旋。

"怎么样，愿望都实现了吧？"男人嘴角的笑越发得意，"那么，就让我看看你哭泣的脸吧！"

何遇看着他，脸上没有丝毫表情："她呢？"

"她不属于这个世界，也不属于你的世界，你知道透明人间吗?"西装男敲着自己黑色的礼帽,表情有些为难,"就是那样,全世界只有一个听夏,来自透明人间……可是,何遇,她永远都是在你身边的。这个世界的何遇,从来没有去过什么南极。"

何遇愣了愣,眼眶里,有一滴泪落下来。

八、我们以前在哪里见过吗?

小时候的何遇经常会想,如果在这个世界上有另外一个自己,那个自己做了和自己完全不一样的选择,过着另外一种完全不一样的生活,应该很好吧。

原来,真有这样一个世界。

自己想要的选择,自己想要的生活。

何遇醒过来,眼前依旧是一片白。

"他醒了,他醒了。"身边是混杂的声音,医生护士,却再也没有她的身影。她在哪里,又或者说,自己在哪里?

他抓住身边的护士:"听夏在哪儿?"

护士莫名其妙地看着他:"什么听夏?"

"江淮呢?"

"你说的是江医生吗?"护士想了片刻,"可是,他并不是负责你的医生啊?"

何遇心底一沉:"他在哪里?"

何遇等不及她的迟疑，绕开她一个办公室一个办公室地找，他顾不得追在后面的保安，直到推开最后一扇门，江淮站在窗边，正在喝茶。

江淮回过身，看见门口的何遇，朝着后面的保安点点头。

所有的嘈杂一瞬间安静下来。江淮倒了杯水，放在桌子上："没想到你还能活下来。"

何遇看着他："江淮？"

"这么快就忘了我了，何少爷？"

一句话，如同判了死刑一样，何少爷。何家现在的少爷是他，不是江淮，那么，这个世界，就是属于自己原本的世界？而不是有他和听夏的那个世界？

何遇不敢相信，紧紧攒着拳头，好久，才说出话来："听夏在哪儿？"

江淮的眼睛里写满了疑惑。

何遇仿佛被掏空了身体般，他深呼一口气："江淮，你要的我都可以给你，所以，那杯水，没必要给我喝了。"

江淮握着杯子的手，青筋渐渐暴露。

何遇却不再管他，径直冲出去。听夏，你说的，不管我在哪里，你都在那里，你最好说话算话。

何遇找到那个世界里听夏工作的餐厅，正中午，人来人往。他站在门口，却迟迟没有进去。

就算他做了错误的选择，那么，听夏还是会在这里的吧，等着迷途知返的他随时回来，然后遇见她，过完自己想要的一生。

何遇听着自己左胸口传来的鸣响，走进去，抬头看着那些菜单，心仿佛沉入了海底一般。他嘴角一抹苦涩的笑——菜单上面没有属于听夏的那道菜。

"先生，请问你要点些什么呢？"服务生问。

何遇没有反应。

"先生？"

良久，何遇回过神来，喃喃自语般："没有一道叫'遇夏'的菜吗？"

"啊，这个……很抱歉，我们这里没有呢。"

原来，那个男人说得没错，听夏只有一个，不管他在哪里，她一直在他身边，可是他却总是弄丢了她。

"不过，'遇夏'是一个好名字哦。"清甜的声音。

何遇抬起头，对上那双晶亮的眼睛，一瞬间，天旋地转，她就站在触手可及的地方。

何遇压着自己内心翻涌的情绪，轻声笑了笑："是吗？"

"啊，如果不介意的话，我们店里的新菜品，可以就用这个名字吗？"

"荣幸之至。"

"太好了！"她笑起来，侧着头，"对了，我是听夏。"

“何遇。”

“何遇，何遇……”听夏反反复复地呢喃着这两个字。

良久，她看着他黑色瞳孔里小小的自己，问：“何遇，我们以前在哪里见过吗？”

爱不可及

＼

你通晓天文地理，明白宇宙的终极奥义，却永远也不知道，$128\sqrt{e980}$ 的一半，是 i love you。圆周率的第 325 位，藏着我爱你。

一、接下来，就是见证奇迹的时刻

南城的盛夏总能热到让人融化。

叶汐抱着半个西瓜盘腿坐在地上，电视里正在放一个纪录片，探索海洋的秘密，大片大片的蔚蓝看起来就让人心旷神怡。

就连老电扇停下哼哧哼哧的转动声，叶汐也是才反应过来。

她爬过去，用手扒拉了两下，"哐啷"一声，扇叶落在地上。刚刚最起码还是完整的电扇，此刻已经热到了质壁分离，不对，应该是叶体分离。

叶汐盯着它看了两秒，有种人生的齿轮也因此停止转动的感觉。

门外响起一阵诡异的敲门声。叶汐抬起头，意料之中的，秦池那张硕大无比的脸从窗外探进来，勾着半边嘴角，满脸讽刺："哟，又一个人看海呢。"

看吧，人生无处不催花。特别是秦池这种，长得好看却心肠歹毒的辣手房东。

她从地上跳起来，赶在秦池再次开口之前跑到窗边，伸手在他耳边打了个响指："嗨，早上好。"随即一朵纸花盛开在手指间，"这个，拿去，花。"

秦池拍开她的手，极其不屑地看着她的小把戏："少来，这种小把戏可抵不了我房租。"

她看了秦池两秒，尽可能地去忽略那两个字，无比认真道："这不是把戏，这是魔术！"

"哦，差点儿忘了，你还是个魔术师。"秦池从窗口翻进来，干脆利落，弯腰抱起地上的半边西瓜，"既然如此，交房租。"

叶汐丧了气，果然逃不掉的还是逃不掉。

"秦池，我没钱，你把我卖了吧。"

"卖你？等我什么时候考虑开个猪肉铺再卖你。"

叶汐哑口无言，秦池却不知从哪儿摸出一张单子，举在叶汐面前："给你最后一次机会，错过了我就把你扔到大街上去卖猪肉。"

叶汐接过来："魔术比赛？"

"赢不了一等奖，好歹纪念奖也有个空调。可以抵你几天房租。"

"我不去。"叶汐一口回绝。

秦池缓缓回过头，一双眼睛仿佛要射出刀子般："由不得你，我已经替你报名了，不去的话吊销你的魔术师证。"

叶汐想说什么，秦池却已经从窗子翻了出去。

她愣在原地，手里的纸被汗湿得皱皱的，洇开了右下角几位评审的影印照片，粗糙的打印技术使他们的脸看起来诡异而又扭曲。

叶汐吐了吐舌头，轻轻摩挲着纸张最右边那张图下面的名字，回头看着电视上最后的字幕，简单的几个字却刚好和纸上的字重合——南城海洋大学物理学教授，陆则。

陆则，陆则。

陆则，我回来了，你好不好？

秦池坐在二十楼的阳台上，指尖烟雾缭绕，电话接通，那边沉沉的嗓音漫过来。秦池笑："准备好了吗？"

毫不留情地被挂了电话，秦池眯起眼睛，看着叶汐像只河豚一样晃悠悠走出楼的身影，嘴角露出一个意味不明的笑。

叶汐，接下来，就是见证奇迹的时刻了。

二、渴望一个笑容，期待一阵风，你就刚刚好经过

　　魔术比赛的报名现场人山人海，叶汐拿着报名表，穿梭在烈日与人群的罅隙里。对面不知是谁撞过来，叶汐一个趔趄，抬起头就看到了迎面走过来的陆则，知道会遇见他，却没想到是这样再见。

　　他西装革履，低眉浅笑，正认真地听着旁边的人说着什么。

　　而她，黑色的袍子从头罩到脚，里面的衣服贴在后背难受得紧。

　　叶汐愣了一秒，随即慌忙地低下头，尽量将脸埋进衣服领子里。

　　一阵凉凉的风，带着海洋香榭的味道，从她身边经过。

　　一瞬间意识全无，叶汐回过神，再回过头去的时候，人已经不见了。

　　他没看见她。

　　莫大的失落漫上心头，却又带着隐隐的不甘心。

　　"姐姐。"

　　意识回归主体，叶汐盯着面前不足半人高的小姑娘，才意识到她是在喊自己。

　　她蹲下来："嗯……小妹妹，怎么了？"

　　"喏。"小女孩儿背着的手伸到前面，"这个送给你。"

　　是一个狐狸面具，叶汐接过来，

　　"不小心撞到你，对不起哦。"

　　小女孩儿跑开了，只留下一脸滞愕的叶汐站在原地，看着小

女孩儿轻快的步子，有一瞬间的恍然。

不过，她看着手里红白相间的狐狸面具，微微勾起嘴角，刚好能派上用场。

叶汐排在第二十三个上场，她躲在幕后看了眼观众席，黑压压的一片，坐的都是些无所事事的老大爷们儿，和一群似乎还没毕业的女大学生，很明显都是为了谁而来。

叶汐瞥了眼坐在前排表情一丝不苟的陆则，有些不明白，好好的物理学家，为什么会来这样的比赛干这样的事情，总不是为了她吧？叶汐被自己突如其来的想法吓了一跳。

回过神，主持人已经念到二十三号了。

她叹了口气，戴上面具，刚好遮住了眼里的一丝狡黠。

叶汐站在台上，并没有多少人在注意她。

她直直地看着评审席的陆则："扑克游戏，可以上来帮我一个忙吗？"

陆则似乎并没有认出她，配合地坐到她面前。

熟悉的味道瞬间包裹住叶汐的感官，所有的燥热在此刻全化为心底的一丝清凉。她定了定神，继续魔术。

小小的卡片如同有了生命般在叶汐修长的指间旋转跳跃，最后又归在一起。叶汐将手里的牌伸到陆则面前："选一张。"

陆则轻笑了一声，不知是有意还是无意，指尖相碰，真真切切地感觉到他有些粗粝的指腹，带着熟悉的温度。叶汐屏住呼吸，看着他翻开牌面的第一张，红桃 K。

她透着薄薄的面具眨了眨眼，又将牌翻回去，唇齿间轻轻呢喃：

"一，二，三！"

她再翻过来时，同样的一张牌，上面却变成了空白。

叶汐笑了笑，明眸善睐："你知道上面的王子去哪里了吗？"

"就在这里。"她在心里回答。

我的王子，就在这里。

而陆则只是自始至终垂着头，似笑非笑的样子，然后缓缓站起身，走回原来的座位，目光再也没有落到叶汐的身上过。

海选的结果叶汐并不怎么在意，秦池说的话永远是七分假三分夸，狗嘴吐不出象牙。至于为什么要来，叶汐想了想，她的目的可能已经达到了。

她下了台，面具闷得她有些呼吸不上来，便移动了一下斜戴在头上。她刚脱了衣服准备出去，却撞见了守在会场门口的人。

陆则逆着光，环着臂靠在门上，像是在看她，又不像在看她。

叶汐想回过头确定是否还有别人，却有一个唐突的小孩儿直直地向她冲了过来，她发誓，她真的是被热得有些头晕而已。

扑面而来的海洋香榭的味道，叶汐搭上他的胳膊，坚实有力的小臂支撑着她的平衡。她抬起头，对上他似笑非笑的眼睛，声音是熟悉的暗沉。

"叶汐，你太狡猾了。"

叶汐站直身子，笑："我有一个失传已久的魔术，你要不要看？"

"不看。"

"那你为什么在这里？"

叶汐微微退开一些距离，却被陆则一把又拉进了怀里。

"你说呢？"他的声音在耳边吹吸缭绕，低低沉沉的，抱着她手臂似乎又用了些力，"想着说不定会遇见你。"

三、陆则，你是不是想我了

秦池打来电话的时候，叶汐正坐在南城海洋大学的阶梯教室。

秦池的声音在那边尤为刺耳："哟，该读书的时候没见你上过几次课，现在怎么了，周游世界回来了，要学会学习了？"

"读书以致富，秦池，说不定下次我就富起来了，给你买栋楼卖猪肉。"

秦池轻嗤了一声："说吧，这次什么时候走？"

叶汐愣了一下，看着讲台上的男人，斜阳打在他的侧脸，轮廓印在心上。

过了好久，她才缓缓说："还欠着你房租呢，怎么敢走？"

"你哪次不是欠着我的房租走的？"

叶汐又说了几句才挂的电话。

眼前的这个人，她找了好久才在这里找到他，明明说是教授，却从来不上课，而他的研究室，她又不敢去。

叶汐坐在教室的最后一排，撑在桌子上看着讲台上的陆则，金丝边的眼镜、熨烫得体的西装，整个人忽然之间变得有些不一样。

不像她认识的那个会一脸玩味嘲笑她的人，沉稳儒雅，是她不知道的样子。

前面两个女孩子的头来回蹭着挡住她的视线，叶汐皱了皱眉，索性趴下来，侧着头看着窗外。

淡淡的声音落在耳边，温柔而有力量："宇宙四种基本力，万有引力、电磁力、强相互作用力和弱相互作用力。而潮汐，是海水受到太阳和月亮的引力……"

放屁！叶汐想，明明只有一种力，是你对我致命的吸引力。

"哎哎哎，你听陆教授的声音好好听哦！"

是的。

"戴上眼镜有一种禁欲系的感觉。"

还好，"闷骚"两个字更适合。

"也不知道有没有结婚……"

快了吧。

……

叶汐沉沉睡去，再醒过来的时候，教室里的人已经走空了。外面是昏黄的落日，混着时涨时停的蝉鸣阵阵。

陆则坐在她的旁边，眉骨以及薄唇、下巴形成恰到好处的起伏，鼻梁挺直，摘掉眼镜，又变成了她熟悉的那个陆则。

叶汐坐起来，声音还有刚醒时的倦意，在两人的静默中显得有些突兀："没想到你会来当老师。"

陆则笑，撑着头侧头看过来，眼睛沉不见底的黑。

"你不是也没想到，我会去魔术比赛当评审？"

"所以，你很缺钱吗？"

叶汐狡黠一笑，抢过他搁在桌子上的金丝框的眼镜，架在鼻梁上，一瞬间的眩晕之后，看见陆则模糊的脸渐渐在眼前放大。

一双温热的唇印在她的唇上。

"还好，比较缺你。"

"陆则，你是不是想我了？"叶汐退开一些距离，眼里藏不住的笑意，"陆则，我有一个魔术，你要……"

陆则捞回她，她剩下的话被堵在唇齿间。

他承认，他的确很想她。

所以会去当评审，会在她的母校挂名教授，甚至出现在电视上。他只是想，她在遥远的地方，会不会不小心忘了他。

陆则似乎是报复性地咬住她的唇。

叶汐吃痛，却又推不开，只能温柔地回吻，带着安抚，甚至给了陆则一种，她也很想他的错觉。

四、你知道圆周率的第 325 位写着什么吗

陆则的公寓，叶汐从床上起来，穿好衣服，房子的主人似乎早早就出去了。

手机上秦池的短信安静地躺在那里，未读的状态。她点开看了一眼，又重新扔回床上。

她想了想，又给秦池回了个电话过去。

那边秦池的声音还带着些迷蒙。

叶汐笑："秦池，我改主意了。"

"哦，反正你暂时也走不了。"

"什么意思？"

"字面意思。"

秦池声音忽然变得清晰："叶汐，你还单身呢。"

"单身怎么了？"叶汐莫名其妙，声音闷在嗓子眼儿，"又没吃你家……"

"如果你愿意，来我家吃猪肉吧。房租全免。"

叶汐似乎能看到秦池在那边勾着嘴角邪笑的样子。她侧过头，床头放着一张照片，是涨潮时的大海。

"秦池，我的意思是，我改主意了，机票改到下周二，我想早点儿走。"

　　叶汐出了卧室，环顾着周围的装饰，果然，跟卧室一样的单调乏味，除了一些不知名的天体模型。

　　她走过去，地球绕着太阳，月亮围绕着地球，它们在各自的轨道上，井井有条，互不干扰。

　　叶汐不知道模型运行的原理是什么，擅自拿了那颗小小的月球，想放进地球的轨道里，可是很显然，她弄坏了整个模型。

　　叶汐吐了吐舌头，将小球装进口袋，转过身，门铃却响了起来。

　　是快递公司的包裹，叶汐收。

　　里面是一套干净完整的衣服，礼服。

　　与此同时，陆则的研究室里，也收到一个包裹。他放下手里写着公式的笔。

　　土黄色的快递盒，龙飞凤舞地写着"陆则"两个字。

　　陆则看了看角落里堆积的几个盒子，并不惊讶这隔几个月就会收到的包裹。

　　有时候会是一幅画，有时候是一张明信片。

　　更多的时候，只是一个空空的箱子。

　　叶汐是一个不安定的人，她好像总是有很多的地方要去，而他从来不是她可以停下来的理由。陆则已经习惯了，所以他从来不会留她，可是这一次……

　　他想起早上醒过来的时候，她窝在他的怀里，睡得很沉，长长的睫毛上还挂着晶莹的水珠。他真的只是无意间看到的，她手机上的短信，来自秦池。秦池说，机票已经订好了。

陆则从抽屉拿出剪刀，沿着包裹的边沿，缓缓地剪开。

这次，是一张照片。

巨大空旷的盒子里，静静地躺着一张薄薄的纸片。阿拉斯加的极光。照片背后，是她歪歪扭扭的字——陆则，你快看，美不美！

北极光昼夜消失的地方，叶汐站在他的旁边，双手环着他的胳膊，兴冲冲地跳起来，问他："陆则，你快看，美不美？"

陆则笑了笑，叶汐，你太狡猾了。

身边的助理将衣服递过来。

"陆教授，时间差不多了，现在走吗？"

陆则点了点头，看了桌子上算了一半的公式，接过衣服，跟助理交代了几句便离开了。

他将车子停在门口，抬头看见二楼阳台的叶汐，穿着他的衬衣，长风被风吹得飘起，像一片云，风一吹就会散。

叶汐垂眸，似乎才看见他，嘴角渐渐打开，朝他招着手："陆则，你快看，美不美？"

陆则靠在车门上，嘴角有若有若无的一丝笑："叶汐，我等你很久了。"

叶汐朝着他吐了吐舌头，再下来时，已经换上了陆则为她准备的礼服，浅蓝的露肩长裙，露出小巧精致的锁骨，修身的剪裁勾勒出她身体的美好曲线。

陆则走上来，将外套搭在她身上。

叶汐却不依不饶："你快说，美不美？"

陆则将她塞进车里，无奈："比起美不美，我以为你会更在乎我喜不喜欢。"

"那你喜欢吗？"

"不喜欢。"陆则的声音不带一丝温度。

叶汐瞪着他："陆则！"

"你很在乎这个？"陆则侧过头，眸光带瞋。

叶汐泄了气，靠在座位上，身上是带着他温度的衣服。她将手放在他的上衣口袋，轻声呢喃："那你知道圆周率的第 325 位写着什么吗？"

好巧，我也不知道。

五、既然我骗了你，那我还一个给你好了

叶汐甚至都没有问，陆则要带她去哪里。

"不问吗？"陆则转动着方向盘，两边的树影交错着落入车内，流水一般往后退去。

"问你什么？"叶汐趴在车窗上，有气无力。

"既然不问，也就没有后悔的机会了。"

车子停在教堂的门口，陆则扶着她下来。

　　叶汐身形一晃，险些站不稳，她看向陆则，而对方似笑非笑，
看着她："现在害怕了？"

　　叶汐看了眼自己身上的衣服，还有陆则一身标致的行头，强
装镇定："陆则，你是认真的？"

　　"不然呢？"

　　"我……"

　　"该做的都做了，剩些没做的就顺手做一下。"陆则打断她，
眉眼间一片坦然。

　　叶汐咬着牙，忍住想说的话，转而一脸英勇："既然这样，
那我会怕什么呢，反正也只是玩一玩。"

　　陆则眼睛暗了暗，抿着唇不说话。

　　他抬手握住她的手，十指相扣，一步一步地往那个方向走去。

　　原来是这种感觉，陆则想。

　　这双手，他已经越来越不想放开了。

　　离教堂还有十几米的距离，叶汐忽然停下步子。

　　"陆则。"她叫住他。

　　陆则身形一顿，随即低着头，声音沉沉："怎么了？"

　　"我把你家那个模型弄坏了。"叶汐忽然说了一句，"就是
那个月球，被我弄坏了。"

　　陆则抬起头："你还我一个就好了。"

　　"那个贵吗？"

"贵得要死。"

叶汐心底发怵，却莫名地想笑。她还想说什么，教堂的大门却缓缓打开了。

秦池从里面走出来，燕尾礼服，眉目明朗，他笑着喊："二哥。"

"二哥？"叶汐怔怔地看着秦池，又看向陆则，脑容量瞬间有些不够用，"二哥？"

秦池走上来，一把环住叶汐，眼睛瞟向陆则："对的，叫得真甜。来，这是我们二哥，陆则。"

陆则皱了皱眉。

叶汐挣开："秦池，你今天结婚？"

秦池揉了揉后脑勺儿微翘的头发："怎么，后悔了？错过了我这么丰神俊朗、器宇轩昂的男人？"

叶汐看向陆则，她以为他是真的想要带她来这个地方……

她笑了笑："也不知道房东结婚，会不会普天同庆，房租全免。"

"不会。"秦池抱起地上的小女孩儿，"还有小侄女要养。"

叶汐一愣，抬头去看那个小姑娘，是在魔术比赛现场给她送面具的小姑娘。

陆则站在叶汐的身后，脸上的表情自始至终都没有变过。他伸手，娴熟地抱过小姑娘。

"爸爸。"

软软糯糯的声音，却像针一样扎在了叶汐的心上。她晃了晃，稳住身子，眼睛里写满了不可思议："陆则……"

秦池嘴角一抹笑，默默地走开，而陆则似乎并没有听见她的声音，脸上是从未有过的温柔。他笑着将小姑娘放下来："快去告诉爸爸，叔叔来了。"

陆则回过头看叶汐，将她所有的表情尽收眼底，眼底划过一丝笑意。

叶汐皱着眉："陆则，你骗我。"

"叶汐，我骗了你。"陆则淡淡地重复了一遍，"所以要怎么办呢？"

叶汐看着他波澜不惊的眼，忽然想咬他。

事实上，她也真的这么做了。她紧紧地抓着他的手，毫不留情地咬下去。

然后，她想转身走开，却被他一把拉进怀里。

陆则笑，带着淡淡的无奈："叶汐，既然我骗了你，那我还一个给你好了。"

叶汐抬头。

他的嗓音像是炎炎夏日的一丝凉风，泛起湖面的涟漪——

"还一个女儿给你。"

六、陆则，你知道什么是潮汐吗

陆则没有女儿，也不是秦池结婚。

　　叶汐坐在地板上，瞪着秦池："你这么做有意思吗？"

　　秦池耸肩："我怎么做了？是你以为我结婚的，也是你以为她是我二哥的女儿，我们只是一群不明真相的卖肉群众而已。"

　　叶汐想了想，似乎也是那么回事。

　　只是那一天参加完他们朋友的婚礼之后，叶汐便不再见陆则了，尽管他的声音却总是徘徊在她每一个夜深人静的梦里。

　　秦池坐在窗边："叶汐，说真的，也许你下次回来，我二哥还真的结婚了。"

　　叶汐心底一沉，脸上强装淡定："那又怎么样？"

　　"他可是等你五年了，你去了那么多地方、看过那么多魔术，他就跟在你后面去了那么多个地方。"

　　"你说什么？"叶汐看着秦池。

　　秦池瞥了她一眼："不然你以为？你一个人，还真的是靠着自己的一腔孤勇活下来的？你走的每一个地方，他也都在那里，为你披荆斩棘。"

　　叶汐忽然想到陆则家的那张照片，迷蒙的天光，仿佛住着红色幽灵般的赤潮。

　　那一幕，她也见过。

　　"叶汐，你总觉得，陆则他太好，对你一个居无定所饭无温饱的小魔术师来说太遥远，可是在我看来，真正遥不可及的，是你对他的爱。"

　　当然，你对我来说，也是遥不可及。

秦池笑了笑，没有再说下去。

是吗？

叶汐站在陆则的研究室门口。天已经很晚了，冰凉的建筑里还亮着灯。她敲门，陆则站在门口，满身的疲惫。

"等你很久了。"

叶汐忽然心里一痛。

她看着陆则的背影，跟着他走进去。

这是她第二次来他的研究室，却依旧是她完全不知道的世界，精密的仪器、复杂的方程。她时常觉得，陆则就像这些宇宙的奥秘一样。

她只可以感叹，却永远也弄不明白。就像他永远都不愿意看她藏在那些魔术里的小秘密。

陆则弯着腰，收拾着桌子上的东西："这一次又要走多久？"

叶汐一愣，却没有回答。

她看着角落里那块黑板，上面还有她上次来偷偷写下的式子：
$128\sqrt{e980}$。

那是什么时候呢，两年前吧。两年前她回来，还可以肆无忌惮地在他面前胡闹。

"叶汐，"陆则顺着她的目光看过去，"我时常觉得遗憾，你每一次回来，都有些不一样了，你经历了很多，那些都是我不知道的东西。"

叶汐笑："我也没想过，会变得不一样。"

沉默。

叶汐拿起板擦，缓缓走到角落的黑板前。她蹲下来，听着陆则沉沉的声音。

"叶汐，我们已经不小了，我也不会再追着你满世界跑了，所以你要不要考虑，回到我身边？"

叶汐站起来，转过身："陆则，你知道什么是潮汐吗？"

陆则看着她。

"也对，你这么聪明，肯定知道了。"叶汐眨了眨眼，"可是我听说，那是地球在呼吸。它和月球离得太近，会紧张，可如果离得太远，又会想念。"

"所以呢，这一次又要走多久？"

叶汐没说话，走到陆则跟前，忽然踮起脚，吻上他的唇，在他动作之前又退开。

"走到你不会再等我为止。"

角落里的黑板下面落了一层灰，上面的粉笔字迹不知什么时候被擦去了一半。

叶汐关上门，嘴角有一丝牵强的笑。

陆则，你看，你通晓天文地理，明白宇宙的终极奥义，却永远也不知道，$128\sqrt{e980}$ 的一半，是 i love you。圆周率的第 325 位，藏着我爱你。

七、我也才知道，宇宙的终极奥义，是你

　　叶汐去了蒙特卡洛，听说那里是魔术之都。盛满阳光的 8 月，世界上所有的魔术师都会聚集在哪里。

　　她站在人山人海里，头上歪歪斜斜地戴着一个狐狸面具，却没有再穿那件黑色的袍子。广场的屏幕上正在播放着一个演讲，西装革履的男人，一口流利的异国语言，说着她听不懂的话。

　　叶汐有些想笑。

　　她拿出手机。

　　漫长的待机声后，陆则的声音绕过大半个地球，透过听筒停在她的耳边。

　　叶汐笑了起来："陆则。"

　　"嗯。"

　　"听得见我的声音吗？我是叶汐，现在是 10 月 30 日的晚上七点五十二分，气温二十四摄氏度。蒙特卡洛的天空很美，广场上的人很多，你听得到吗？我看见了你，我很想你。"

　　"站在那里，不要动。"

　　嗯，不动。

　　天光渐暗，异国街道，满街脚步，忽然静了。满天柏树，忽然没有动摇。

　　叶汐觉得没有哪一次像此刻一般安心。

熟悉的味道从背后环过来。

"陆则！"叶汐转过身。

他的眉眼穿过漫长的思念，真真切切地在她的面前。

陆则伸手抱住她："叶汐，我听见了。"

叶汐俯在他的怀里，她没有告诉任何人她去了哪里，就连机票也是临时换的，到了一座城市，又独自走了很远，她以为她已经走出了他的世界。

却没想到，我的世界，触目可及的，全是你。

叶汐抵着他的胸口，声音有些狡黠："陆则，你怎么会在这里？"

"想着说不定会遇到你。"

"胡说，世界这么大，哪能说遇到就遇到？"

"可我们还是遇见了。"

叶汐心里一顿，缓了好久，才终于咬出了两个音节："陆则，"

"嗯？"

"我走了很多地方，到头来发现自己还是不懂你的那些宇宙奥秘。所以我觉得，你就像天上的月……"

陆则笑了笑，吻住她的唇。

叶汐，对不起，我来晚了。

可是，我也才知道，宇宙的终极奥义，是你。

见夏有风

＼

闭上眼，我看不见全世界，却看见了你。

一

林见夏坐在公园的长凳上，看着眼前巨大的摩天轮兀自转动着，手里的画稿轮廓渐渐显形。

喻白露拿着两瓶饮料过来，递了一瓶给她，在一边扭扭捏捏，犹豫了半天还是开了口："林见夏你没有看到摩天轮上的字吗？"

林见夏眯起眼睛，三米以外人畜不分："看不清。"

喻白露一掌拍到自己头上，shit！"那你在画什么啊？"

林见夏收起画板，长叹一口气："印象派，意识流。"

她站起来，拍了拍喻白露的肩："姑娘，我的画马上就要成名了，抱大腿要趁早。"

喻白露要哭了，看着远处摩天轮LED灯上"林见夏，我喜欢你"几个霓虹大字，她怎么就没想到林见夏六百度的近视呢！

亏她还信誓旦旦地给喻扬保证，这样的表白一定会让林见夏感动得痛哭流涕，泡妹子技能值满分。

喻扬也是她的亲哥哥，风流倜傥、一表人才，却追了她的小闺蜜这么久，还毫无起色。

她实在看不下去了，扬言一招制胜。林见夏那么喜欢游乐园，就包下摩天轮给她好了。

可现在，她觉得喻扬会断了她的口粮的。

为了生计，喻白露拉住林见夏，依旧不死心："要不我拍下来给你看？"

林见夏没有说话，过了一会儿回过身。

喻白露看着她忽然之间红了的眼睛，猛地松开手，难道她已经看见了，感动了？小小的希望在心里腾起，她怯怯开口："见夏，你眼睛红了……"

林见夏缓了一刻，回过神："哦，没事，可能因为我眼睛毛细血管爆了。"

喻白露将信将疑。

却听见一道明朗的男声笑起来："这可能是只局部炎症刺激引起的血管扩张，还不至于结膜小血管破裂。"

喻白露回过头，是一个二十多岁的年轻男人，年轻的脸，朝气蓬勃，看起来有些眼熟。

他扯着林见夏的袖子，却见林见夏的眼睛更红了。

如果再见不能红着脸，是否还能红着眼？

喻白露微张着嘴，这人虽然看起来不错，可跟她哥哥比起来还是差了十万八千里啊！难道……她见那人递给林见夏一瓶眼药水，嘴只有张得更大了。

回去的路上她问林见夏。

林见夏手里拿着那瓶药水："你没有发现，他手上戴着金表？"

是吗？她抬眸弱弱地问："所以你眼红成那样？"忽然又想起什么，差点儿跳起来，"我哥也戴着金表啊，必要时还可以戴金链子，你怎么看他不眼红！"

林见夏点点头，头靠在公交车的玻璃窗上，并没有听喻白露在耳边叽叽喳喳的声音，只是握着手里的眼药水。

"白露。"快下车的时候，林见夏喊她。

喻白露安静下来，总觉得在林见夏的家里看见过很多那种眼药水。

突然，林见夏眼神坚定，缓缓说道："我要去做屈光治疗手术。"

喻白露吓了一跳，以为林见夏得了什么不得了的大病，风风火火地跑去喻扬的工作室，满脸焦灼。

喻扬缓缓地放下手里的画笔，面不改色："她终于肯看清这个世界了？"

　　这时喻白露才知道，林见夏只是去做一个视力矫正手术而已。

　　林见夏向来是这样我行我素的人，就像两年前，她只身一人忽然跑来这座城市，背了个行李包蹲在火车站门口。

　　喻白露和喻扬赶过去的时候，她差点儿饿晕在马路上。站起来看清是喻白露后，她才终于放心地倒在了喻扬的怀里。

　　喻白露想，大概那个时候开始，喻扬就在预谋着怎么把林见夏变成她的嫂子了。

　　所以，谁也不会问，两年前的那一天，林见夏为什么会眼睛红红地出现在他们面前。

二

　　林见夏站在医院综合大楼门口，有种全世界的人都聚集在这里的感觉。

　　原来这个世界上每天都有这么多生病的人。她眯起眼睛，想奋力穿过拥挤的人群，却被谁一把抓住了胳膊，硬生生地从一堆人里扯了过去。

　　是喻扬，林见夏来不及喊出来，便被扯到他的身边。

　　他今天还真戴了块金表，林见夏被晃得眼睛有些疼，可周围难闻的气息瞬间被他身上好闻的味道盖过。

　　喻扬拉着她："你什么时候能知道依靠一下身边的人呢？"

林见夏跟在喻扬的后面，忽然之间便没有那么挤了，看着前面的人西装笔挺，有些不好意思。

"你怎么来了……"

心里却诽谤着喻白露这个大嘴巴。

喻扬没说话，带她绕过了前面排着长队的客梯，拐进一旁的专用电梯，拇指贴上旁边的指纹机，动作一气呵成。

林见夏还没来得及反应过来，便听喻扬声音淡淡："上班。"

上班？

"你……在这里上班？"林见夏有些惊吓过度，说话都结巴了，"可是……你不是个画画的吗？"

喻扬盯了她三秒钟："林见夏，你认识我吗？"

林见夏一头雾水，想了想："喻……扬？"

电梯"叮"的一声，喻扬迈开长腿走了出去，林见夏停在原地，有些莫名其妙，片刻，低着头走了出去。

迎面撞上忽然回过身的喻扬，他站得笔直，伸手按她旁边的电梯键，恰好背后的电梯门又叮地关上了。

于是，壁咚？电梯咚？

"我只是锁一下电梯。"喻扬说完便走了。

林见夏回头看了一眼，这里的电梯都是这么厉害的？再回过头时，已经不见喻扬的身影了。

她四处看了眼，喻扬这是把她带到哪里了。好不容易找到了楼层指示牌，她仰起头，眯着眼睛，可是……为什么要把指示牌放得那么高!

"小姐!"一个清甜的声音响起来。

林见夏回过身,是一个穿着护士服的女孩子,长相甜美,正望着她微微笑着。

林见夏颔首笑道:"你好。"

"请问您是要找屈光科吗?"

林见夏晕了片刻,难道自己看起来就像个瞎子?她慎重地点头,道:"是的!"

"那您跟我过来吧。"

她跟在那护士后面,来来往往的人,穿着病号服的,裹着一只眼的,她忽然有些害怕起来。

早知道,就让喻白露陪着的。

护士在前面停下来,脸上笑容标准:"小姐,您先在这里挂个号吧。"

林见夏点点头,她微眯着眼睛,找到挂号机上的屈光治疗中心,专家号,然后……她忽然瞪大了眼睛,手指僵在了半空中。

这是!

那西装革履一脸正经的,不是喻扬是谁,原来……他还真的是来上班的,而且,上的还是屈光治疗科的班……

林见夏侧头问小护士,这是……

"喻教授和胡教授是我们屈光科最厉害的教授了,ICL晶体植入一般都是由他们俩操刀,特别是喻教授,两年前刚从瑞士回来,算得上这个行业最年轻的教授了。"小护士似乎有夸不完的话。

林见夏点点头，虽然没怎么听懂，但也不想再听下去了，抿嘴嘟哝着："那他们岂不是都挺贵的……"

"这个只是挂号费，专家号比普通号贵一块五毛钱。"

林见夏手指在屏幕上滑动着，忽然有种在店里选名牌的感觉。

滑到最后一页，林见夏心里一顿，眼睛却亮了起来，他真的在这里，那个给他滴眼药水的人。"我就要这个了！"愣了片刻，她又解释道，"聂医生只要八块五毛钱呢。"

她看着小护士渐渐僵硬的嘴角，怪不得以前喻白露总说她"死于话多"。林见夏识趣地闭了嘴。

小护士牵强地笑着："聂……副教授也很厉害的，只不过负责……全飞秒……"

聂非，林见夏在心底默默地念，原来你叫聂非啊。

三

屈光科的人还挺多的。林见夏拿着号码纸，找了个地方坐了下来，周围的人都是成双对，毕竟是眼睛，做完手术后总得有人陪着不是。

可是……

她从包里掏出手机，犹豫着要不要给喻白露打个电话，忽然有人叫到她的名字，眯起眼睛找了半天才看到一个白衣服的男护士。

"在!"她腾地从凳子上跳起来。

一些乏味而又必然的检查后,林见夏跟在护士后面:"今天就会动手术吗?"

护士微笑:"不会,今天只是检查眼睛情况,具体手术时间会再安排。"

林见夏松了一口气,却见护士停在了走廊尽头的办公室,她疑惑地望过去,护士朝着她点头,示意她可以进去。

林见夏怯怯地敲门。

"进来。"

温沉的声音分外熟悉,一丝奇怪的感觉从心底漫出来,她推开门,果然,就算看得不是很清楚,可那人的样子却在眼前分外清晰,一身白大褂衬得他又俊朗了几分,怪不得人家常说制服诱惑来着。

"过来。"喻扬声音淡淡的。

林见夏怯怯地坐过去,见喻扬一直低着头看着手里的文件,犹豫着开口:"那个,我不是在聂医生那里吗……你……"

喻扬合上手里的资料:"聂医生的技术暂时只接受全飞秒手术,你的视网膜太薄,不适合。"

林见夏一直有些没明白:"什么太薄不适合?"

"全飞秒就是激光切割视网膜,太薄的视网膜没办法再削一层下来,"喻扬没说话,一边的男助理表情有些牵强地解释道,"而且手术后需要一个月的恢复期，从此以后眼睛会变得极其脆弱不能剧烈运动忌辛辣忌强光……"

"好了！"林见夏打断他，心里发怵，将目光移向喻扬求助道，"那你说我现在要怎么办？"

"去后面的休息室等我下班。"

"啊？"林见夏跳起来，喻扬却面不改色。

男助理走过来："林小姐，在这边。"

林见夏没办法，又不想花力气反抗，便只有跟着秘书去了休息室。

喻扬的休息室，还真是白色禁欲系，除了一些画具凌乱而又整齐地散在窗边，其余的地方简直纤尘不染，林见夏凑到窗边看了眼画板，纸上面什么也没有。

闲着无聊便坐了下来，拿起笔开始构图。

她一直以为喻扬和她一样，是个艺术家，所以对于他画画比她好这件事一直只是抱着崇拜的态度的，可如今，怎么想都有点儿不甘心。

她放下笔，拿出手机，飞快地在键盘上按下一串字："喻白露，你哥哥是眼科医生？"

手机响得很快，却只有一个字："是。"

"那你为什么不告诉我？"林见夏回过去。

"怕你只看到他的才华，忽略了他的美。"

　　林见夏放下手机，躺在沙发上无奈地叹着气，亏她这次画展还要了他的几幅画撑台面，人家一个业余的都比她这个专业的要好。

　　手机忽然又响起来："看见我哥今天的金表没有，等你眼红。"

　　接着又响了几声，林见夏索性关了机。

　　手里还握着那瓶眼药水，她闭上眼，似乎有点儿要忘记当初为什么会不远千里来到这座城市了。

　　喻扬给最后一个人开完药，手机忽然响了起来，是喻白露，发过来一张截图，随图附了一句话："哥，三倍生活费。"

　　喻扬轻笑一声。

　　一旁协助开药的男助理吓了一跳，随即又埋头，递过来一张纸："喻教授，手术时间都已经安排好了。"

　　喻扬接过来看了一眼："周二那天空出来。"

　　男助理不解："那天所有手术都取消吗？"

　　"留一例。"

　　男助理看了看休息室的方向，恍然大悟："是，喻教授。"怪不得，还要他帮忙撒谎……

　　喻扬进来的时候，林见夏趴在沙发上睡得正香。他走过去，蹲在她的旁边，看着她如同猫咪一般蜷缩着身子，长长的睫毛盖在眼睑下方，便忍不住伸手捏住了她的鼻子。

可她却微微张开了嘴，丝毫没有要醒的样子。

喻扬笑着，心情忽然变得极好。起身的时候却瞥见了她手里握着的东西。想也没想，直接将眼药水从她手里抽了出来。

凝眸片刻，他又看向沙发上的人，林见夏，你不想忘记的东西，就不能记得清楚一点儿吗？

可回答他的，只有那细微轻柔的呼吸。

林见夏醒的时候，喻扬正坐在窗边画着什么。阳光正好，透过窗户洒进来，照着他淡淡的轮廓，落尽林见夏的眼里，却是镀上了一层绒绒的光。

她回过神，慌乱地坐起来整理了仪容。

喻扬停下手中的笔，嘴角扬起一抹不易察觉的笑："醒了？"

嗯，林见夏点头，擦着嘴角。

"对不起，一不小心就睡着了……"她瞥了眼沙发，还好没有口水，不禁松了一口气。

"饿了吗？"喻扬边说着，边收起地上的画具。

林见夏愣了一下，摇头："不用了，我下午……还有画展的事情要忙，就……"

她拿起包就准备往外走，手刚搭上门把。喻扬却自顾自地走过来，伸手递给她一个袋子。

林见夏打开看了，是一些眼药水，她疑惑地望着他。

"你家里的那些应该都过期了，尽量不要放混了。使用方法我都写清楚了，先用三天。"

林见夏微愣，他怎么知道自己家里尽是些过期的眼药水？

她盯着他的背影微微发呆，随即又摇了摇头，大概又是喻白露那个大嘴巴。

林见夏走出来，一旁的小护士们聚在一起似乎在说些什么，她从她们身边路过，如果看不清的话，有些声音似乎也要听不清了。

"哎，你知道吗，听说喻教授特别看好聂医生，正准备把他收为自己的妹夫呢。"

林见夏的步子顿了一下，随即又加快了脚步。

"林小姐。"听声音是带她挂号的女护士。

林见夏回过头，眼睛红红的。

护士愣了一下，怯怯地伸出手："这个是喻教授给你的。"

林见夏接过来，是三枚五毛的硬币。

护士吞吞吐吐地说道："喻教授说，这一块五他出，下次……你挂他的号……"

四

林见夏是被电话吵醒的，她迷迷糊糊地接起来："喻白露都怪你哥哥，现在我失恋了很累你不要吵我。"

那边一片沉寂。

林见夏刚准备掐断，温沉的男声从电话那头传过来："既然这样，那我补给你。"

林见夏腾地从床上跳起来，看了眼屏幕，睡意全无："喻扬？"

"我在楼下，你要下来还是我上去？"喻扬声音慵懒。

林见夏趴到窗口望了一眼，咬咬牙，掐了电话。

可回过神的时候，已经在喻扬的车上了。她撑着头，看着车窗外一闪而过的风景，才问道："画展的事不是已经结束了吗，现在去哪儿？"

喻扬瞥了她一眼："动手术。"

林见夏想了一会儿，似乎才反应过来，低着头喃喃道："我不想做了……"

喻扬没说话，车子停在医院停车场。

林见夏握着胸前的安全带，不肯动："喻扬，我当时也只是冲动……凑个热闹，现在也没有那个冲动了，就不想做了。"

其实她是有点儿怕死了。

喻扬侧头，一脸严肃："那一天的检查都做了？"

"嗯……"

"药也在用？"

林见夏看着喻扬皱起来的眉头，忽然有些慌乱，不禁认真起来，点头："在用。"

"那就必须得做了，否则药物在眼睛里扩散不及时得到缓解的话……”

　　林见夏提着气，虽然以前做过很多不惜命的事，可关键时候还是很惜命的，梗了梗喉咙。

　　喻扬解开安全带，语气淡淡："林见夏，以你的才华，你的眼睛可值不少钱。"

　　林见夏心里一惊，慌忙解开安全带，跟在喻扬的后面就再也不敢走开了。

　　这一次屈光科的人似乎比上次少了些，就连电梯口的路层指示牌好像都换了位置，至少到林见夏能看清的高度了。

　　林见夏莫名其妙地看了眼喻扬的背影，他，应该不会这么无聊吧？

　　她跟着喻扬直接去他的办公室，路过聂非的办公室时她忽然停了下来。喻扬看了她一眼，声音淡淡："聂非今天不上班，和白露相亲去了。"

　　林见夏抬起头，又低下头去，吸了吸鼻子。

　　喻扬眸光微沉，一把拉住她的手，扯着她走开。

　　林见夏挣扎："等等！"

　　她从包里掏出一个盒子，眼睛红红的："我不找他，我就是把这些东西还给他。"

　　她打开，是整整一个盒子的眼药水。

　　喻扬走过来，收起她手里的盒子："这些并不是他的东西。"

　　他看着林见夏明亮的眼睛："手术前最好不要哭，会瞎的。"

那语气就像在说，不吃饭的话，会饿的。

他明明知道林见夏天不怕地不怕,就怕瞎,虽然她差不多已经瞎了。

手术台上，林见夏在护士的搀扶下躺下来，肢体僵硬、手脚冰凉，眼睛却始终盯着喻扬不肯移开目光。

"喻扬。"她努力让自己的声音听起来不那么颤抖。

"我在。"他的声音低沉而磁性，让人觉得莫名安心。

"我小时候遇见过一个人。"

"嗯。"淡蓝色的手术服穿在喻扬身上，显得颀长而挺拔，他摆弄着仪器的手，指节修长，有种温柔的力量。

林见夏有些微微恍神："那个时候我爸妈刚离婚，我一时想不开，觉得自己被整个世界抛弃了，就蹲在路口一直哭一直哭。后来那个人不知道从哪里冒出来了，他告诉我，再哭的话，眼睛就会瞎掉。

"然后我就不哭了，可是……估计是上帝在我眼前遮住了帘忘了掀开，我就看不见了……"

一旁的助手忍不住笑出来。

林见夏却没在意，接着说道："当时恨死那个人了，现在还恨。"

喻扬拿眼夹的手一个没拿稳，落在了盘子上。

"可是，那个人却在我看不见的那段时间一直陪在我身边……眼睛好起来的时候，那个人已经不在了……只有一些没有用完的眼药水……"

"他死了吗？"旁边的助理一时嘴快，却冷不丁被一道凌厉的目光射了个激灵。

林见夏摇头，眼睛却红了起来。

"你现在要是哭出来的话，我就弄瞎你。"

喻扬半天说了一句话，却逼得林见夏硬生生地把眼泪忍了回去。

大概人在紧张的时候话比较多，后来的林见夏再想起来，总觉得那个时候的自己有种交代遗言的感觉。

她反反复复地喊他的名字："喻扬。"

"我在。"

"你真会把我弄瞎了！"

"不会。"

"瞎了怎么办？"

"我养你。"喻扬声音淡淡，手上的动作却丝毫没有怠慢。

林见夏微微一怔，冰凉的金属撑开了眼睑，她忽然紧紧地攥住手术台上的柱子："可是你还要养喻白露。"

"把她赶出去。"

医院外的咖啡馆里，坐在聂非面前的喻白露狠狠地打了个喷嚏："对不起啊，我要去医院接我朋友，你先自己玩。"

"真的不考虑泡我？"聂非站起来朝着她喊道。

喻白露想了想："泡你还不如泡一碗面，至少能饱肚子……

五

林见夏没有反应过来，手术已经结束了。

喻扬摘下手套："右眼明天再做，左眼先适应一下。"

林见夏有些愣在那里，护士给她的左眼缠上了纱布，她看着镜子里的自己，觉得自己有一种海盗的气质。

可除此之外，其他一切依旧生龙活虎。

所以刚刚自己那种视死如归的表情，继饿晕在喻扬怀里后，又成功地在喻扬的眼里给自己刷上了浓墨重彩的一笔……

林见夏跟在喻扬的后面，看他的眼神有些怨怼，出了手术室，眼睛都没有眨开，便看见了飞奔而来的喻白露和聂非。

喻白露扑过来："见夏，你刚做完手术，怎么能到处走呢？"

林见夏额角冒出几道黑线，谁知道这个手术，做完就跟上了个厕所一样。她瞥了眼一直在身后默默笑着的聂非，窘迫地低下了头。

喻扬看了她一眼："我先进去换个衣服。"

"喻教授，你还有手术吧？那我就先送白露和……林小姐回去了！"

"送白露回去就可以了。"喻扬走进去，又忽然探出身子，眼睛看着林见夏，"你在这里等我。"

林见夏点着头，却不知不觉就跟在喻白露身后出去了。

聂非一直绕在喻白露的身边，叽叽喳喳个不停。喻白露显然一副不想搭理的样子，只觉得自己好歹一个亲妹妹，就这样被亲哥哥扔了出去，所以也并没有注意到身后跟过来的林见夏。

林见夏停下步子，站在楼梯口，医院人来人往，她忽然谁都看不见了。

在她看来，这么多年一直拼尽全力地去追求一件事情，可有一天忽然发现，自己在意的并不是达成那件事，而是明明有了别的追求，却还要那么用力地骗自己不肯放弃。

一个拿着某张单子的人急急地跑过来，撞在林见夏的肩上，林见夏一个没留意，却找不到支撑物，眼看着朝着前面扑过去，闭上眼睛，落进了一个温暖的怀抱。

熟悉的味道裹着全身，那一刻，她忽然无比安心。

安心得想笑，可很显然，抱着她的人似乎并不这么想。

似乎还能听见喻扬咬牙切齿的声音："林见夏，你这个样子，没瞎之前就会死的。"

林见夏始终闭着眼睛，忽然笑起来："喻扬，你认识我吗？"

喻扬狠狠地瞪了她一眼："不认识！"

林见夏却往喻扬的怀里又靠了几分。

喻扬，我认识你。

闭上眼，我看不见全世界，却看见了你。

第二天的右眼显然要比左眼顺利得多，值得记录的是林见夏两个眼睛都被蒙上了，喻扬牵着她的手，带着她去了休息室。

林见夏端端正正地坐在那里，难得没有说话。

她听着喻扬在厨房里咚咚锵锵的声音，似乎能看见他微微挽起袖子，修长的手指握着厨具，还能看见小手臂上微微隆起的青筋。

对了，还有双眼皮里的痣，笑的时候微微扬起的眼角，和画画的时候被风吹动的发丝。

悠悠的香味飘过来，然后是夏日里凉凉的风。

"喻扬。"林见夏忽然叫他。

"我在这里。"

"我今天挂的，是聂非的号。"她听着他隐隐的怒气，笑起来，"因为你给我的三枚硬币的年份，都是我最可耻的时刻。

"第一枚是 2003 年，那个哭得太用力忽然看不见的我。

"第二枚是 2013 年，饿晕在火车站门口的我。

"最后一枚是 2015 年，躺在视力矫正的手术台上以为自己即将死去的我。"

"所以我不舍得用。"林见夏缓缓说着，似乎能看见喻扬放下手里的东西，从背后缓缓走到她的面前，然后蹲下来，看着她的脸。

"喻扬，我下次画展，想要你上次画的那幅画。"

那幅简单的素描，没有任何多余的线条，没有重叠明灭的色彩，只有简简单单的一间房间，房间的沙发上睡着一个女孩子，微微张着嘴，却有着最温柔的爱意。

"那你拿什么来换呢？"喻扬声音又沉了几分。

"你知道世上有一种鸟，一生只唱一首歌吗……"林见夏俏皮一笑，"世界上也有一个人，一生只唱一次歌。因为她高音上不去，低音下不来，中音唱不准。"

喻扬没说话，林见夏歪头："那我唱了哦。"

一生一次，唱给你听。

当我睁开眼，发现闪耀着的既不是太阳，也不是彩虹，而是你的那一刻起，我……

微张的唇忽然被另一双温热的唇堵住，没有唱完的歌被堵在缱绻的温柔里。林见夏笑起来。

十年前，那个小小的女孩子红着眼睛："你认识我吗？"

"不认识。"

"那你为什么在我身边？"

"因为再哭下去，你眼睛会瞎掉的。"

林见夏想，从那个时候开始，她大概就有点儿被喻扬吓傻了。

她有些喘不过气来，微微退开："喻扬，你认识我吗？"

"我爱你。"

青灯劫

\

若劫起，青灯沉，即便如此，你也是我的心上人。

一、这里的人都归我管，包括你

墨南山的一盏灯亮了千年。几千年来，青灯的明灭像是日月星辰一般循环往复，泽被着苍生万物。

人们敬它、拜它，却也没有人知道这青灯从何而起。

他们只是从出生的时候就被训导，墨南山是接近不得的。

听老祖先说，山上住着一只妖，容貌绝色倾城，生性却凶残无比。因为几千年前犯了错，被天神封印在墨南山守灯，一守就是一生。

她是守灯的妖，不会老也不会死，却视灯如命，大抵是觉得凡人的世俗之气会扰了青灯的光泽，所以每一个试图接近墨南山的人都会被她捉去祭灯。

所谓祭灯，就是以人的心头血为引，在上古神物三空骨盆里放上七七四十九日，等到褪去了血气与俗味，再用作灯油。

他们还听说，这中间的过程无比残忍，基本没有人能挺过来。即使侥幸留下一口气，也会被折磨致死。

毕竟是妖，凶残是本性。

而此时，传说中"生性凶残的妖"正坐在断崖边的槐树上，一袭嫩青色的衣衫，像是二月梢头的绿枝，如墨的长发用碧石玉簪绾了一个髻，垂在身后。

容貌确实是绝色，可是生性凶残？

她靠在树干上，嘴角冷笑，眸光如玉，划过一丝不屑。

活了几千年，墨南山的生灵万物只不过是她翻手覆手之间的事，就连不周山的鹿神都要称她一声大人。

所以那些凡人到底是怎么想的？

她垂着头，指尖缠着自己的发丝，露出腕间缠着的一朵莲花形的玉镯，在阳光下更显得青翠通透，犹如神物。

她不知道哪里传出去的消息，不过也懒得解释——她才不是什么妖，她是神，守灯的神。

她叫青灯。

"青灯大人！"随风而来的喜鹊化作人形，停在三里开外的树下。青灯目光淡淡地扫了她一眼："隔那么远做什么，难不成我会吃了你？"

那可不一定，昨天还威胁她说想吃烤小鸟来着，就因为她跟其他妖精打赌，说能从青灯大人那里偷得一物。一向精明能干的她却马前失蹄，还是被青灯大人发现了。本以为自己死定了，青灯大人却给了她一线生机，说若是能偷得一物，那么便饶她一命。

一向高高在上严厉冷血的青灯大人松了口，对喜鹊精来说就是死里逃生的事，自然求之不得。

至于偷什么，那都是后话了。

喜鹊精小心翼翼，有些为难地靠近了两步，却还是不敢走得太近："青灯大人，有……有陌生的人在神灯殿附近……"

"人？"

"也有……"也有可能是妖。

小喜鹊精话没说完，青灯已经不见了。

青灯与神灯殿的灯是有感应的，如果有人靠近，她应该能感觉到才是。

除非……喜鹊精自然是不敢骗她，那么来的，难不成是鬼？

青灯这么想着，已经看见神灯殿外的人。

她停在三里之外。

他微微屈膝靠坐在树下，似乎是睡着了的样子。一身月白色的衣袍，淡紫色的襟边。长长的银发被束起，有几缕垂在肩侧。脸上戴着半边面具，只露出薄削的唇和凌厉的下巴。

可是即便如此，青灯也觉得，这真是一个漂亮的人。

她走过去，影子渐渐遮住他脸上的光，才发现他的气息微弱得很。大抵是受了伤，又或者是被人追杀，逃到了这里。

总之，他像是新生的婴儿般，毫无危险，也不染世俗。大抵也因为如此，他才可以过得了这罂南山的结界，并且不触动神灯。

青灯这么想着，看见他缓缓睁开眼。她问："你是谁？"

他抬眼，不语。

"不会说话？"还没有人敢不接她的话，青灯弯下身子，与他平视，仔细打量着他。心里却只有一个想法，这双眼睛未免也太好看了点儿。

她嘴角一笑，忽然伸出手，想摘了他的面具，可终究没有他快，刚碰上面具的手便被捉住。

"若劫。"他回道。

随后赶来的小喜鹊精看到这一幕，硬生生被吓得不敢再往前走——这若劫究竟是谁，居然敢这么捉着青灯大人？

"若劫？"青灯愣了一下，玩味似的念了一遍，嘴角笑意不减，"那你可知道我是谁？"

他的眼里装着日月星辰，放开她的手。

青灯说："这里的人都归我管，包括你。"

"我是妖。"他说。

"那又如何，"青灯直起身子，不甘示弱，"既然出现在这里，就是我的妖。"

说完，她一拂长袖，腕间莲花荧光微闪，他的面具便落在她的手里。所以，她想做的事，目前还没人拦得住。

若劫的脸比她想的还要好看，自然也比她想的还要冷。

他依旧没什么表情，额间的红色印记却更衬得面如冠玉。

青灯微眯着眸子扫过他的眉间，随即冷哼了一声，又将面具扔给他："还是戴好吧。"末了又加了句，"没有我的吩咐，不准再取下来。"

"青灯大人……"小喜鹊精犹犹豫豫地走上来，瞥了眼地上的若劫，又朝着青灯问，"需要我找鹿神大人来看看他的伤吗？"

"不用。"青灯说，"鹿神那个没用的东西，除了喝酒一无是处。还有，这件事不准告诉他。"

二、毕竟我这里，好看就是规矩

青灯只知道他叫若劫。

至于为什么出现在这里、为什么受了伤，青灯没有多问。

在她看来，来去皆是缘，所有的存在都是世间自有安排。况且他一头白发，应该活了很多年，大抵像她一样，早就忘了那些太过久远的事情。

喜鹊精问："要是他是谁派来的细作怎么办？"

青灯不屑，这个世间，有几个人敢与她作对？她说："除非他是活腻了。"

若劫自然是没有活腻的，否则的话，她救他的时候，他也不会对她说了句谢谢。

可是青灯救人，要得可不单单是这两个字而已。她说："我这里除了几只没用的妖，还有个空职。"

若劫听明白了她的意思，没有多问，他说好。

青灯瞥了他一眼："你不问问我要你干什么？"

"不用。"

"那你就陪我守灯吧。"青灯说，"一般人是近不了我神灯殿的，不过你长得好看，我这条规矩就作罢了。毕竟我这里，好看就是规矩。"

若劫依旧目光淡淡。青灯想，她活了几千年，还没有夸过谁，这人可真是不知好歹，又或者，太过不解风情。

果然是无趣到极点的人。

不过，她也是无聊到极点的人，她在嬰南山待了几千年，这神灯殿除了一只胆小的鸟、一只守门的仓鼠老头儿，还有一对好不容易修炼成精的狐狸兄弟，哦，对了，还有八百年来一次的鹿神。

都是她看腻了的人。

如今好不容易等来了一个，却又是一座冰山一样的……青灯
至今没发现若劫的真身是什么，大概就是座冰山吧。

可是最近喜鹊精被她欺负跑了，狐狸兄弟又不见踪影，整个
神灯殿方圆几里只剩她和若劫。

外面叽叽喳喳的麻雀声音格外扰耳，青灯神色平静地捻着灯
芯，若劫便安安静静地站在一边，似乎听不见外面的声音一般。

青灯抬眼扫过他，他站在那里，长身玉立，挺拔得如同一棵树。
她问他："你是树妖吗？"

若劫回："不是。"

"那你坐下来。"

青灯目光略带挑衅，整个神灯殿只有一个位置，就是她现在
坐的地方，可是他又必须听她的。

若劫没什么表情，揽起衣摆，席地而坐，长长的银丝垂在地上。

青灯又笑："你站起来。"

她半眯着眼睛，目光慵懒地扫过那道身影，只见他微微一顿，
片刻之后，还真站了起来，拂了拂身上的微尘。

青灯又说："我有些饿了。"

若劫翻手，便是一个白白的馒头。他说："只有这个了。"

青灯问："这哪里来的？"

"喜鹊精给的。"

"不准吃。"她的声音有些冷，"这个太寒碜了，我宁愿吃

烤小鸟。"

　　若劫想了想，准备迈出去的脚步又被叫停。

　　"罢了。"她似乎终于折腾够了，长长地叹了一口气，隐去眼底的情绪，对他说，"你过来。"

　　若劫走到她身边，她这才觉得，他比自己高大许多，身影几乎要将她全部包裹。她向来向灯而生，如今身处这一方阴影，竟觉得前所未有的安心。

　　她将桌子上的灯芯放到一边，拂袖换上笔墨纸砚。

　　"你字写得好吧？"

　　若劫没明白青灯的意思，青灯铺平了纸："过两天不周山的鹿神大婚，你帮我想想写什么字送他才好。"

　　原来胡闹是因为这个。

　　若劫从青灯手中接过笔，青灯眼都没抬，将位置让给他，而自己站在一旁研墨。

　　静默了良久，她对上若劫的目光："写啊，随意写，我送出去的，他不敢不要。"

　　若劫挽袖，刚准备下笔。青灯忽然伸手摘了他的面具，理直气壮："戴着面具像是盲人书法家，我怕你写不好。"

　　"不闹了。"若劫声音淡淡，却让两个人都愣住了。他是不知道自己为什么会随口说出这三个字。

　　而青灯目光考量地看着他，末了略带提醒地说道："我才是这里的主人，胡作非为是我的权利。"

　　若劫抿了唇，没有再说什么，将白毛的笔染上浓黑的墨。

　　与此同时，青灯的目光从他修长有力的指节，到轮廓坚毅的侧脸，最后落在他银白色的头发上。

　　她忽然想到什么，眼底闪过一丝狡黠的光，随即从木架上拿下一支笔。若劫笔下的墨在纸上洇开的那一刻，青灯手里的笔墨便在他的发色上洇开。

　　她问过他，你为什么是白发。

　　他没有说，她便将它染成黑色，和她一样。况且，他本来就该是黑发。

　　青灯看着他墨发如瀑，满意地笑。

　　若劫停下笔看她，她便微微仰着下巴看回去。像是一场对峙，最终当然是若劫妥协。心里有一个声音，像是说过很多遍似的在耳边响起：罢了，你喜欢闹便由你闹。

　　他微微一愣，收了笔，说："好了。"

　　好了？青灯看过去，白纸黑字，笔走龙蛇的几个字，却让她嘴角的笑意忽然全无。

　　她移回目光，看着若劫的眼睛，问他："你写的什么？"

　　他从来没有见过青灯这种表情，有些失神却又不甘心，可他不明白，为什么下笔便是这句话。

一曲红尘了，青灯伴古佛。

"你是不是知道什么？"青灯问，若劫不解。

"罢了。"青灯喃喃，一阵疾风，桌子上的纸张却忽然变成了碎屑，她转身离开，走的时候留下一句话。

她说："若劫，这句话我留下了，不必送给别人。"

青灯走了，神灯殿瞬间陷入冰一般的寂静中。

若劫听着外面叽叽喳喳的叫声，皱眉，隐隐觉得她好像生气了，可是为什么呢？若劫想了很久，大概是外面的小妖吵得她太心烦意乱吧。

怪他，没守好这神灯殿，让这些小妖轻易地就混了进来。

他是这么想的。

三、他要是还不回来，我就不等了

若劫实在是太无趣了。

他不说话，青灯便找了麻雀整日跟在他身后叽叽喳喳。

他字写得好，她便从山猪精那里要了最硬的猪鬃毛。

可是一天之间，墨南山的麻雀和山猪都不见了。青灯找到唯一残存的麻雀精，问她："我让你们去吵他呢？"

麻雀精支支吾吾："青灯大人，那位若劫公子说我们太吵，把你惹生气了，就把我们封印在了后山林。还有，山猪哥哥更惨，若劫公子说用他们的鬃毛做的笔不符合心意，就把他们关在一起，说是直到做出令你满意的笔，才会放他们出来，可是山猪哥哥的毛本来就不是做笔的呀……"

青灯听着，有些想笑。既然知道她生气了，就没有想过是自己的原因，反而怪到这些山林小妖的身上？

麻雀精似乎看出她的疑惑，解释："若劫公子说，其实大部分原因在他身上，所以他把自己也关起来了。"

还真是他的作风。

不过，也怨不得他，"一曲红尘了，青灯伴古佛"。她不过是有些害怕，怕冥冥之中的注定，她一个人无法招架。

麻雀精哭丧着脸："青灯大人，你放我们还有山猪哥哥他们出来吧，我们很听话的。"

青灯笑："关着你们也挺好的，况且，又不是我关的你们。"说完，留下一脸呆滞的麻雀精，走了。

她忽然想见见若劫。

若劫来到神灯殿的时候，里面一片漆黑。

他才意识到，每天的这个时候，青灯都会去神灯殿最顶层，在天际的最后一丝光亮消失之前点亮神灯。然后世间依旧有光，不息不灭。

这似乎就是她存在的意义。

可是他也听说，青灯守灯，守的是人，只是他不明白，究竟是什么人需要她日日夜夜守一千年。

若劫走到门外，抬头看着那一点零星的火光缓缓升起，最终变成一簇青蓝色的亮光。青灯的轮廓便在黑暗中渐渐清晰。

她飞身下来，大概是没想到他在这里，仔细地看了他一会儿，说："你来早了。"

"是吗？"若劫想，也许是怕她等久了。

青灯看着他不知道什么时候又变回白色的头发，想那终究还是墨染的。

她笑了笑，忽然抬眼看着他，眼睛仿佛揉进了月光，竟不像是平时的那个高高在上的青灯大人，像个小女孩儿。她问他："那你说，我今天这身衣服好看吗？"

一向青色的衣服换成了淡淡的蓝色，比若劫身上的蓝边还要浅一点儿，却恰好相得益彰。她可是特地换的呢。

可是……他皱着眉，说道："太暗了，我看不见。"

冰山一般都是不解风情的，青灯泄了气："那就说好看。"

她只是随口一说，并不指望他再开口了。

若劫低沉的嗓音却在这夜色中更显醇厚，他说："好看。"

"敷衍。"青灯笑，语罢，却无言。

青灯有些忘了为什么要找他来这里，不过想着来的时候也确实只有一个问题，问问他今天这身衣服好看吗。

若劫看不明白青灯在想什么，便抬眼去看神灯殿顶的青灯。

青灯便跟着他看过去。良久，她问："我的麻雀和山猪们呢？"

若劫想了想："我不小心关起来了。"

"你凭什么管我的妖精？"

"他们……吵到你了。"若劫有些不确定地说道。

青灯强忍着笑意，问他："那你呢？"

"我？"若劫皱眉，思索了一会儿，"我听你的便是。"

"那明天和我一起去不周山。"青灯拍了拍手，继续说道，"去参加鹿神婚宴。"

若劫点头，说："好。"

"你不问为什么？"

"不问。"若劫薄唇紧闭，眼睛却不知道在看些什么东西。

青灯趁他分神，摘下他的面具，这一次终于看清他脸上一闪而过的表情，眉心的红色印记微微皱在一起。

青灯笑起来："若劫，你不会觉得我喜欢鹿神吧！"

难道不是？

"那你喜欢我吗？"青灯眯着眼睛问他，从眸间透出来的光却是格外认真。

若劫却答不上来，他承认见到她的时候，便有一种异样的情绪在心底蔓延开来，然后将他慢慢侵蚀。

可是他不知道那种感觉叫什么，他没办法确定。

青灯却似乎并不急于知道答案，她将面具还给他，找了个地方坐下来，像是在回忆一个很长的故事一般，说道："鹿神只不过算是我认识最久的一个朋友而已，我不喜欢他。"

"而我喜欢的人，我等了他一千年。"她看着青灯的光，在风里晃啊晃，"他跟我说他会来，我就相信他。"

"可是……一千年太久了。"她顿了顿，有些欲言又止，借着微弱的光回过头去看若劫的眼睛，"我也有脾气了，鹿神的婚礼算是给他的最后一次机会，他要是还不回来，我就不等了——我会直接抢了鹿神的亲，嫁给鹿神。"

四、你不是魔，只不过他是你的劫

鹿神的婚礼是神界的大事，自然是隆重。仙客云集，众神会聚，整个不周山怕是几千年没有这么热闹的日子。

青灯到的时候，是喜鹊精出来接的她。

喜鹊精一身火红的嫁衣，显得整个人玲珑娇小，没想到打扮一下也挺好看的。

青灯嘴角清浅的笑意，说："准备好了？"

喜鹊精的声音几乎都要被周围的纷杂盖住，她在青灯耳边低语："青灯大人……"说完，又有些不确定地看向她身后的人，"青灯大人……他……"

“谁准你多说话的？”青灯打断她，“办完了事就先回去吧，如果不想死的话。”

喜鹊精不明白，也不敢多嘴，乖乖离开。

若劫目光淡淡地扫了新娘一眼，似乎才认出来这是曡南山的喜鹊精，原来是她和鹿神的婚事。

面具下的眉心微微蹙起，他看了眼青灯，依旧是那副无所谓的样子，眼睛里看不出任何多余的表情。

而青灯大概明白了他在想什么，自己的小妖嫁给了自己喜欢的人，不过如此。她笑了笑，也不解释，只说：“走吧，我们进去。”

“青灯。”若劫叫住她。

青灯愣住了，这好像是他第一次叫她的名字，她以为不会再听见第二个人这样直呼她名字了。

若劫说：“不用勉强的。我在这里，不用勉强。”

青灯笑：“那你就要一直在这里，不准离开我半步。”

若劫还是没有跟住青灯，又或者，是有人用了瞬移法，将青灯给带走了。他负手凝眸，看着对面走过来的人，尽管不认识，却不减语气里的威严：“青灯去哪儿了？”

来人身形一僵，却行了天界的大礼，小心翼翼地问：“你是古神若劫？”

若劫不明白，他忽然想起第一次见青灯，她眉眼盈盈、趾高气扬，说，既然来这里，那就是我的妖。

若劫说："我是墨南山的若劫，我来带青灯回家。"

而青灯这边，一眨眼的工夫，周围的人全都消失了，就连身后若劫的气息也被隔绝。她目光淡淡，对于忽然被带走这事毫不意外。

"青灯。"

不用回头也知道是谁，新婚的鹿神。

可是他并没有穿红色的嫁衣，依旧是以前那副样子，一袭黛青色的长衫，整个人温润如玉，眼神却略带不屑，与气质一点儿都不符。

青灯找了个地方坐下来，问："说吧，什么事？"

鹿神拿了酒壶出来，靠在树上："你该不会真的以为，是我的婚礼吧？"

青灯看他，有什么关系吗？

不管是谁的婚礼，只要能让喜鹊混进去就好了。

"冷血。"鹿神嘟哝了一句，忽然想到什么，"可是你这冷血，究竟是对世间人呢，还是偏偏留了一个例外？"

"我什么时候轮到你来问话了？"青灯斥道。

鹿神笑："那你告诉我，他是谁？"

"你今天放肆了点儿。"

"不然你以为我为什么要喝酒。"鹿神嘴角沾着些酒气，"真可笑，连自己也不懂，为什么每次跟你说话，都得壮壮胆？"

WOYUANRENCHANGJIU
我愿人长久 ///200

见青灯没应，他索性全说了："你带来的那人，被我差人带走了，戴面具不是？我要在众神面前摘下他的面具，让众神看看，他究竟是谁。"

"你试试。"青灯一个字一个字地说，"鹿神，我可能没有告诉你，我带他来，就是为了告诉众神他是谁。你若是敢动他，我就毁了不周山，众神若是敢动他，我就灭了众神。"

青灯声音很轻，像是在开玩笑，却又带着不容质疑的笃定。

"你都快入魔了。"鹿神声音很轻，带着些许自嘲。

青灯说："我本来就是魔。"

"你不是魔，只不过他是你的劫。"鹿神喃喃，"我本以为他这一世为人，所以杜撰了能使凡人远离你的故事，却没想到他成了妖。"

青灯笑："原来是你说我生性凶残、杀人如麻的。"

鹿神没理会她，继续说道："若是渡不了这个劫，你便会成魔。"

"那又如何，不过是换一世，他来等我。"

"他要是等不到你呢？"鹿神顿了一下，"青灯，你和他不一样，他原本是神，你可以用神灯召回他的灵魂再聚拢，而你不过是天地灵物，你一散便是灰飞烟灭。"

"我不会。"青灯声音淡淡，却无比坚定，"他和你之间，我相信他。"

五、既然要渡劫，便由我来做你的劫

青灯原本是古佛脚下的一盏青灯，吸取天地灵气化作人形。而若劫，是掌管着世间山河的神。

青灯就是在墅南山遇见若劫的，那个时候她还小，偷偷从古佛脚边跑出来，随便躲到了一座山头。

然后，她就见到了若劫，那样好看的人，她还是第一次见，不过也瞬间明白了人们诵经的时候念的一眼万年是什么意思。

她缠住了他，拦在他的面前，瘦瘦小小的个子，却高高地仰起下巴，说："你要带我回家吗？"

若劫问："我为什么要带你回家？"

"因为我迷路了。"青灯理所当然的语气。后来她才知道，若劫见她的第一眼，就知道她是古佛那里偷跑出来的青灯。

可是他依旧伸出了手，说："跟我走吧。"

她跟着他回了神殿，待在他身边无所事事。偶尔会在他写字的时候为他研墨，倒也乐在其中。毕竟她很喜欢看他写字的样子，洇开的墨色像极了他的头发。

她待腻了就会在旁边闹他，有时候找来一群叽叽喳喳的麻雀精，有时候是臭味熏天的黄鼠狼精。然后，若劫就会停下来，无奈地看着她，说："青灯，别闹了。"

好吧，不闹了。于是，就这样，她陪了他一百年。

一百年，她以为古佛已经忘记了她的存在，却没有想到他们不知道忽然哪里来了兴致，找到了她，还要带走她。

她很久之后才知道，因为古佛脚边的另外一盏青灯碎了，所以这世上聚魂的灯，便只剩她一盏。

所以她必须回去，可她不愿意。古佛说："即便如此，你也不能留在他的身边。"

"为什么？"

"因为聚魂灯凝双而生，一盏碎了，那么另一盏也逃不过劫难，你大劫将至，留在若劫的身边，会扰了他的。"

青灯不说话了。

若劫问她："要回去吗？"

她想说不，若劫拍她的头，说："不想回去便不回去，我的人没有谁能带走。"

那是青灯千百年来第一次听到自己心跳的声音，一声一声，在胸腔里鼓动，也是第一次在若劫的脸上看到那样的表情，褪去那层冷漠的外表，便是无尽的温柔宠溺。他说："既然要渡劫，便由我来做你的劫。"

他说："其他人我不放心，我怕他们会伤了你。"

青灯说："好。"

可她还是走了，她怕自己真的会耽误若劫，她舍不得。总之，就算魂飞魄散，变成了一盏灯，她还是会在若劫身边，不老也不死。

青灯一直低估了若劫，她以为他不过是习惯了宠她而已。化灯的那一天，直到若劫出现在眼前，她还以为是自己的幻觉。

人死的时候总是会见到自己最爱的人不是吗。

她看着若劫站在云端，俾睨众生，仿佛是生来的王者。他低沉的声音穿过云层落在她的心上："为什么是她？"

古佛说："若劫大人，我们只有她了。"

良久，若劫仿佛叹了一口气，说："我也只有她了。"

接下来的事，青灯不记得了。

她醒过来的时候，世间再没有若劫，她却成了嬰南山的主人，不老不死，众神都称她一声青灯大人。她问古佛，若劫在哪里？

他们只给了她一盏青灯。古佛说，他在这天地之间。如果这世上唤他的人多了，那么他或许还有回来的可能。

于是，嬰南山便成了守灯的山，那盏青灯千年如一日，日日亮起，人们的祈愿游走于天地之间。凝聚成巨大的力量，将他散在天地之间的灵魄一点点地找回来。

而她等了一千年，才等来那一天树下的他。

现在，她只需要那些古佛将灯芯还给她，让她找回他的最后一魄。

六、即便如此，他也是我的心上人

鹿神欲言又止，看着青灯眼里小小的一团火焰。他说："青灯，你有没有想过，也许他们根本就不想让若劫活过来呢。"

青灯不明白。

"若劫的力量是他们所畏惧的，当年为了救你，瞬间凝聚天地间所有的魂力，缔造出现在墨南山上的灯来代替你。"鹿神接着说，"而那些古佛需要几千年几万年来修炼一盏灯，你应该能明白……"

"那又怎样？"

"你救不了他，"鹿神声音淡淡，不再去看青灯，"我已经派人去了墨南山，熄灭了神灯，若劫也就跟着灭了。"

"为什么？"青灯的眼神越来越暗，喃喃问道。

"若劫起，青灯沉，唯一的办法，就是忘却红尘，常伴古佛，青灯，那才是你的归宿，回去吧，好不好？"

"不去。鹿神，哪里都不是归宿，只有他的身边才叫可以回去的地方，所以你劝我回哪儿呢？"

"青灯，不闹了。"

"青灯，不闹了。"青灯自言自语地重复了一遍，"他以前也喜欢对我说这句话。人间的事物太繁忙，他就跟我说，青灯，不闹了，然后我就乖乖地趴在一边，看着他就很好。可是，鹿神，你没资格对我说这句话，一千年的日子，我比谁都清楚我是怎么过来的，我没有一天是闹着玩的。我每一天都在等他回来，好不容易等他回来……你说若劫起，青灯沉是宿命，可是鹿神，即便如此，他也是我的心上人，所以我求求你，把他还给我好不好？"

从他认识以来便骄傲得像是一只孔雀的青灯，此刻居然会这样低着头，用这样的语气，说，我求求你了。

"可是，已经晚了。"

鹿神负手叹息，看着青灯仓皇离去的背影，就算她现在赶回曌南山也晚了，灯已经灭了。

他拂了拂衣袖，朝着祠堂走去。

只剩最后一步了，他只要驱散若劫的魂魄，那么这个世间便再也不会有若劫。

可是……怎么会这样？

鹿神看着祠堂正中躺着的男人——他脸色惨白，衬得额间红色的狐印越发妖艳。似乎有什么光泽正在从眉心的印记中溢出，然后渐渐包裹起他的整个身体。

他竟然没办法驱散若劫残缺的魂魄，反而，凝聚起来了？

若劫缓缓坐起身，眸若深潭，带着摄人的光。

鹿神不可思议地看着他："你为什么还可以醒来，明明灯一灭，你就再也不会醒过来的……"

鹿神不敢想下去——"难道是……难道是……"难道是青灯

以自己为引重新点亮了灯？

"不是。"若劫似乎看穿鹿神的想法，不是，青灯还活着，至于他怎么醒过来的，他也不清楚，只是仿佛做了一个很长的梦。

梦里，青灯哭着对他说："你还记得那日在神灯殿吗？我反反复复刁难你，只是因为害怕，怕我活太久了，出现了幻觉，你根本没有回来过，我也等不到你了。"

青灯说："我只不过是想确定，你是真的在我身边，像以前一样，我可以胡闹，你便对我说别闹。若劫，你要是不回来，我要怎么办呢？"

然后，他说："傻瓜，我怎么会不回来呢？"他轻轻吻去她眼角的泪水，唇覆住她的唇瓣，"我说了回来，便一定会回来。"

"一言为定。"

"一言为定。"

然后，他便醒了。

罂南山的灯灭了，人们分外惊恐，是不是那守灯的妖终于忍不住，做了这人神共愤的坏事，坏了他们的神灯。

青灯赶回罂南山的时候，神灯殿已经是一片狼藉。空气里到处都是灯油的味道，弥漫着血腥之气。

她站在原地，回头去看顶楼的灯台，还能记得那晚他站在这里，他说，你喜欢便好，她问，那你喜欢我吗？

若劫，你还没有告诉我答案，而我也没有来得及告诉你，我也是。

所以你不准死。

青灯始终给自己留了这样一条后路，喜鹊精从古佛那里偷来的灯芯是那盏已经碎掉的灯，她将自己的灵气全部渡给喜鹊精，双生之灯，灵气相融，喜鹊精便能顺利地接近那灯芯，再将它偷出来。

再加上她以自己的心头血祭灯，便能重新燃起青灯。

只是，他们说得没错，没有人能活着祭灯。中间巨大的苦难犹如千刀万剐刀山火海并不是常人能够承受的，哪怕是神。

不过，他给了她不老不死之身，所幸，只不过痛一痛而已。世间万般苦痛，唯相思最甚，蚀骨焚心。

所以，还有什么不能忍的呢？

青灯站在那棵槐树下，只手撑着树干，脸上毫无血色。青蓝色的衣衫被风吹起来，好像一不小心就会被风吹走的样子。

好在，他来了。一身风尘，却带着属于她的归宿。

"青灯。"若劫小心翼翼地唤她的名字。

青灯仰起下巴，问："要不要我带你回家？"

"好。"

　　青灯笑起来，她忽然想起很久以前，她还是一盏灯的时候，有人在佛祖面前问"爱是什么"，那个时候她不明白。

　　不过现在她知道了，爱是不熄不灭，亘古不变。

　　就像她爱他。

寂寂春

四月的春风撩起心头的暖意，陆花音，你让我等
得太久了。

一、要记住，你是花家的杀手之前，是我的妹妹

凌宋城清秋山庄。

花音一身黑色夜行衣，蹲坐在南风殿的屋顶，琉璃屋瓦在溶
溶月光之下泛着莹白的光，竟然也不及她白皙如雪的肤色。

身边玄色衣袍的男人负手而立，半张脸隐在阴影之下，声音
沉沉："你真的想好了？"

花音利落地抬手系上面上的深色方巾，左下角半枝蜀绣绿桑
图案被夜色掩盖，只留下一双墨玉般的眸子："大哥，我定不会
辱了这最后一次任务，给咱家蒙羞！"

男人拿折扇在她头上敲了一下，语气里颇多无奈，却也带着化不开的宠溺："任务结束后我来接你，是死是活，我都会带你回去。"

花音眼里一闪而过的悲戚，随即化成脸上漾开的笑，故作凶狠，手做刀状："放心吧，大哥，手起刀快，干脆利落，要不了多久。"

"嗯。"

"你快走吧，再耽误下去，我就错过时机了……"

花音顺势推揉着花穆，声音娇俏，语气里已经带着些小小不满。花穆无奈，翻掌露出一小瓷瓶，通体玉白通透，折的光微微晃了眼。

他压了声音，难得严厉："要记住，你是花家的杀手之前，是我的妹妹。"

花音接过来，晃着玉瓶，听里面清脆细微的声音，微微弯了眼："大哥，我记得呢，花家小杀手一定会保护好你花少爷的妹妹的。"

花穆叹了口气，伸手想揉她的脑袋，却被灵巧地躲过。

他看着停在半空的手，眉头凝起"川"字。

果然，世人口中再怎么冷血无心的杀手花穆，却独独过不了花音这关。

所以在准备拒绝这次任务的时候，花音稍稍求了他，他便投了降。可是现在，他有些后悔了，想掳她回家。

花音笑弯了眼睛，不留丝毫余地："大哥，再见！"

没心没肺，花穆苦笑，轻拂衣袖，拢了月色，终究还是离开了。

二、陆是你的，花音是我的

花音坐在树干上，晃着脚丫子。

夜风吹着她发丝轻扬，目光落在山庄门口缓缓停下的轿子上，幔帘轻卷，从轿上下来一人，借着昏暗的灯火，那人眉目如星，轮廓如刻，掩不住的优雅与贵气。

甚至让人完全忽略了……

花音的目光往下移了点儿，落在他的腿上。他坐在赤金色的原轮暖椅上，腿上盖着条蓝色袍被。

手叩了叩椅撑，便连着轮椅从轿子上滑下来。

花音心里一顿，眼里闪过一丝光。若不是那一双残缺的腿，那面如冠玉的男人还真叫她垂涎三尺了。

来不及心里咂舌，脚下忽然一声清脆的声响，全无防备的花音一声惊呼，面上方巾随风而落，挂到枝丫上。

而她却只能紧紧闭着眼从断了的树枝上掉下来，落在地面的前一刻，心里想的却是，晚饭吃了什么，居然已经胖到如此令人发指。

花音被两个哥哥捧在手心里珍视了十七八年，从来没有尝过脸朝下是什么滋味。偏偏还是在这个人面前，她这次杀手任务的目标，清秋山庄少庄主，陆沉年。

她趴在地上，看着眼前一双黑缎短靴，表情僵在脸上。

即使不抬头也能感觉到数十道目光砸过来，花音咬牙，怎么就不直接在地上砸出个洞，钻进去呢？

"姑娘，"沉寂片刻，清润好听的嗓音不掺杂一丝异样的情绪，竟也不为这天外来人所牵动，他淡淡道，"需要我扶你吗？"

花音心里一麻，镇定自若地站起来，拍拍衣服上的灰尘，佯装冷静的样子在落入他深不见底的墨色眸子里的那一刻便崩落，只得硬着头皮："你就是陆沉年？"

陆沉年淡哂："是我。"

花音抱拳作揖，微微侧头，眼里眸光澄亮。

"我是个江湖人，听说贵庄江湖广发函信，寻一侍卫，不知……庄主觉得我如何？"

一旁的管家眼色不善，刚想上前制止却被陆沉年一个眼神拦住了，识趣地退到身后。

陆沉年从上而下看了她，最后目光凝在她的脸上，嗓音如同远山的钟鸣，每一声都叩着心弦："我觉得，你很不错。"

这下就连花音也惊住了，深更半夜忽然砸到人家面前，却不仅没被怀疑身份，反而一切都顺遂人意地发展着。

虽然从小被两个哥哥保护得极好，可该知道的却还是懂一些的，例如此刻，她看着陆沉年俊美无俦人畜无害的脸心想，此中一定有诈！

陆沉年似乎看得出来她在想些什么，依旧没有多余的表情，可一双黢黑的眸子却看得人心惊胆战。

"姑娘如果想好了，就随我的管家进来吧。"

反正她也目的不纯，还怕什么。花音抱拳回谢："谢谢少庄主！"

陆沉年点点头，转着椅轮往里去，却又回过头，好看的眉头拧成川字："你叫什么名字？"

花音哑然半刻，终于发出声来："陆花音，陆是你的，花音是我的。"

花音说完这话脸便红了，她发誓，真的只是想随便编个名字而已，可是那一瞬间能让自己说出话来的，便只有这个了。

陆沉年失笑，淡淡地应了声："嗯。"

他转过身，嘴角凝着笑意，可是进了这里，迟早都是我的。

三、花音，别来无恙？

一切比花音想象的还要顺利，进了清秋山庄，成了陆沉年的近身侍卫，清楚地记得自己的任务。

只是，她站在陆沉年身边三步的距离，看着那人一身白衣，手里拿着卷轴，如闲云野鹤般惬意自在。

要怎么下手呢，下个毒？直接上刀？又或者是暗器？

她从外面的丫鬟手里接过茶，凝视着白玉杯里淡黄的茶水，上面浮着几片茶叶，要不先试试？

白色的粉末漾开圈圈水波，瞬间溶于茶水。

她嘴角扬起一丝笑，端着茶走到陆沉年的桌前："少主，茶。"

陆沉年不经意地瞥了她一眼，随即放下手中的书，端起茶杯，杯盖缓缓摩擦着杯沿，极不经意的语气："你可知道侍卫是干什么的？"

花音心里一声闷响，低头抱拳，眼仁在眼眶里瞬间换了百来个位置："保护少主安危。"

陆沉年笑了声，拉长了语气："那你……这是在做什么？"

花音一愣，手心瞬间变得湿润，难不成这么快就被发现了？她嗫嚅着："我……"说了半天也说不出话来，忽然猛地抬起头，晶亮的眸子对上他的目光，索性夺过他手里的杯子，一口猛灌下去，完了还抬起衣袖揩了嘴角的水，义正词严，"没干什么！"

陆沉年嘴角勾起一丝笑意，跟以往的有些不一样，声音却依旧好听："我问的是你既然是我贴身侍卫，却做了端茶递水的活儿，可觉得委屈？"

花音的表情僵在脸上，一时有些没反应过来，若不是对面男人一脸纯良的表情，她真要怀疑这人是故意的。

花音咬了牙，杯子几乎是砸到桌子上的："不委屈，我开心。"

陆沉年点了点头，看着落稳的白玉茶杯，话锋忽转，墨色在眸中晕开："可你喝了我的茶，要怎么还我？"

花音满脸的不可思议，说起来她可是救了他一命，虽然药是她下的，可最后还是被她自己喝了不是？

如今还真反过来成欠了这人的了，可她含糊了半天，也说不出来什么，总不能说实话吧。

陆沉年却语气轻快："我这茶，是茶房的人每天日出之时去湖边茶园采的第一手茶叶，茶水也是清晨荷叶上收集的露水，新鲜至极，不知你方才觉得味道如何？"

　　花音难得听陆沉年说这么多话，甚至还盘算着下次毒哑他，可也只是在心里而已，她瞥了眼桌上的杯子，心里嘟哝着，一股泻药味，到嘴边却成了——

　　"少主的茶好喝……"

　　陆沉年将目光移到她的唇上，上面还带着些晶莹，眸色随之沉了几分，声音也变得喑哑："若我也想喝，怎么办呢？"

　　花音许是注意到他的目光，面色一红，偏偏肚子传来一阵极不合时宜的疼痛。她微蹙起眉头，忍着痛感："那你等着，我现在就去给你再端一杯过来！"

　　转眼便如一阵风一样消失在房内。

　　陆沉年抿唇轻笑，眉眼沉沉，忽然执起桌上的玉杯，上面似乎还残留着茶水的温度。

　　温热的指腹摩挲着杯沿，花音，别来无恙？

四、记得就好，不要再忘了

　　这是花音今天第七次从茅房里出来了，没想到刚刚一激动，居然下了这么猛的药量。转眼天都黑了，不过幸好只是拿泻药练练手，否则定丢了整个花家的颜面。她揉着肚子，去了茶房。

　　果然如陆沉年所说，中间沏茶过程之繁琐甚至比她想象的更甚，可不就是一杯茶嘛，哪里需要那么复杂？

可是终究欠了人家一杯茶不是，于是便跟着在茶房将就了一夜，第二天早早地随着茶房的管事们去了茶园。

中间休息的时间不过短短两个时辰。

天杀的，花音赤脚踏进湖水，初春的水还透着彻骨的凉意，好不容易准备了煮茶的水，还得趁着天未亮采了茶叶，全套做下来已经累软了骨头了。

花音叹了口气，明明花家个个捧在手上的小姐，此刻却像个丫鬟一样，究竟是图什么呢？

图个无憾吧，花音想。作为花家人，第一个任务，也是最后一个任务。

端去茶水的时候，陆沉年正从书房出来，依旧坐着那赤金轮椅上，旁边站着陆管家，清晨的光照在他背后的椅背上泛起一层光，更显得气质斐然。

花音脚下顿了一刻，随即小心翼翼地迈着步子走过去。

陆沉年看见了她，本就白的脸上此刻更显得苍白。他眼里的异样一闪而过，微微挑了眉："这是……"

"我走了全套工序给你沏的茶。"花音小心翼翼地将茶水捧到他面前，"当是为昨天的事情道歉，希望少主不要赶我走。"

花音有些看不清眼前的人，一阵眩晕，已经不小心松了手，完了，可是已经没有力气了。

茶杯落下，晶莹的茶水从杯中跃出，陆沉年起身，袍裾散开，旋身而出，转眼，一手是稳稳落在怀里的小姑娘，另一手托住了杯底，一滴不漏地收回了所有的茶水。

　　纵然跟了陆沉年这么多年的管家也有些讶异，微微后退了一步，看着一向坐怀不乱的自家少主忽然拧起眉头，眼里惊慌毫不遮掩，沉了半天才说出话来："少主！"

　　"让花穆先回去吧，这事不要告诉他。"陆沉年沉声吩咐道，随即将茶杯递给身边的人，抱起晕在怀里的小人，往屋里走去。

　　老管家看着陆沉年异样却不失稳健的步伐，深深地叹了口气。

　　花音觉得自己做了一个很长的梦，梦到大哥来接她了，可是她已经不在了。

　　她猛地从床上跳起来，环顾了四周，虽然是自己的屋子，可是还是有一瞬间的恍然，自己怎么回来的，完全没印象啊！

　　如果没记错，不是给陆沉年送茶去了吗？

　　然后呢？

　　她回过神，瞥见桌子上的青花瓷杯，草草地穿了鞋跑过去，可杯子已经空了，然后就是自己晕了，茶全洒了吗？！

　　花音叹了口气，瘫坐在凳子上。

　　听着响起的敲门声，她有气无力地应了声："进来吧。"

　　进来的是陆管家，带着些好久都没见过的美味菜肴。

　　花音眼里来了光彩，说起来喝了那碗泻药茶之后还没怎么好好吃饭呢！

　　没来得及高兴却又想起什么来，她指着挤满她小桌子的山珍海味，眼神切切地看向陆管家："这是……要赶我走的送别宴吗？"

可别啊，她任务还没完成呢！

陆管家面无表情，声音也是冷冷如冰："是少主吩咐的。"

语毕便留了个决绝的背影。

花音低下头，难道自己真要这么没用地结束了？门口忽然传来一阵细碎的响动，她猛地抬起头，仿佛看见了光。

陆沉年坐着他的赤金轮椅，竟像是会自己动似的，正朝着她过来。

花音已经迎了上去："少主，你怎么来了？"

陆沉年径直走进屋子，在桌边坐下，语气淡淡，透着清风："陪你吃饭。"

花音心里一阵怦动，跑过去，坐在他身边，语气恳切："少主我不是故意的，就是之前吃坏了肚子又给你准备了茶所以……"

花音本来想说不要赶自己走的，可话到后面语气却越来越弱。

她看着陆沉年忽然紧绷起来的面容，硬生生地住了嘴，果然，就不该提起，说不定他已经忘记了呢！

陆沉年鲜少露出自己真正的情绪，可现在却似乎乱了阵脚。他皱眉看她，沉了片刻，压着声音，似乎终于放松了口气才说出来："茶很好喝，比他们的要好。"

花音一愣，并不知道陆沉年说的什么意思。

却见他已经拿起筷子，夹起的菜布到她的碗碟中："我们山庄还是第一次出现饿晕了的人，传出去倒显得我小气了。"

看来那一天真的是因为一直忘了吃饭，再加上拉肚子·采茶叶的事……

花音拿起筷子："那少主，你会不会……"

"不会。"陆沉年没听她说完便打断了。

花音却更来劲了，只要有时间，大计小计涌上心头，还怕弄不死一个人？

陆沉年沉眸看她，却看得花音一惊，总是有种莫名其妙被看透的感觉。

她笑着给陆沉年布菜："少主，谢谢你的大恩大德，我一定会报答你的！"

陆沉年点头，停下筷子深情地看着他，一个字一个字轻轻地念："记得就好，不要再忘了。"

花音莫名其妙，可那一天开始，陆沉年更加莫名其妙地陪她吃了半个月的饭。

五、人生有很多遗憾，她想少留几个

花音第二次实行刺杀计划是在五天后。

当她觉得自己终于从陆沉年的小丫鬟变成他的贴身侍卫的时候开始。陆沉年放下筷子，上下扫了她一眼。

"吃好了？"

花音也跟着停了筷子，点头："嗯！"

"二十日后武林盟主大会，到时候你陪我去。"陆沉年坐在轮椅上，修长的手指轻叩着扶手，缓声说道。

花音愣了片刻，不明所以："为什么我要去？"

陆沉年盯着她，眸光似海："不是贴身侍卫吗，怎么能离我半步？"

花音瞬间清明，况且这一行必然多了许多单独相处的机会，到时候也更方便下手，毕竟她要快些了。

花穆给的玉白瓷瓶，已经快空了。

陆沉年注意到了她的失神，轻咳了一声，起身往外走去："现在便跟我去后树林，有些事情要教给你。"

花音点头，站起身来跟在陆沉年后面。皱眉看了半天才意识到，这人明明可以走路，可为什么总要坐在这种轮椅上？

她加快了步子追上去，还是忍不住问了。

陆沉年答得也奇怪，大概以为是所有人都知道的，反倒是他一脸疑惑地看着花音："能坐着，为什么要站着？"

花音愣在原地，头一次见人懒得这么理直气壮。

到了地方，陆沉年右腿的行动似乎还是有些刻意。她压了想上去扶他的心思，手在袖子里已经准备好暗器。

站在离他三两步的距离，环顾着周围的树木丛生。

"少主，来这里是……"

陆沉年回过头，侧身靠在一棵巨大的榕树下，神色淡然："此次武林大会，自然是各界武林人士为了武林盟主之位。此路凶险，我虽相信你的功夫，却……"

不相信我的人？花音一惊，大气都不敢出，陆沉年将她面上的表情尽收眼底，敛了嘴角不经意的笑意："不知道你是否真的能如那日所说，保护我的安危。"

花音默默松了口气："自然是可以的。"

"是吗？"

话音刚落，丛林密影间，忽然闪出数道黑影，杀气扑面而来，竟一点都不似在开玩笑。一瞬间的讶异，花音瞥了眼一旁表情不明的陆沉年。

转瞬便融入战斗，三个人三个方向，一道凌厉的掌风劈过来，花音侧身躲了过去，反身对上另一个方向的手掌，却来不及对付正面而来的飞刀。

这不是演习吗，怎么就来真的了！

花音心里大惊，没全闭上的眼却被一道身影覆盖住，淡淡的香味，手顺势扶上他坚实的腰身。

金属刺进皮肉的声音，却换来一声轻笑，仿佛呓语般：

"你看，你不可以，始终是要换我来的。"

花音神色一凛，暗器已经从袖口飞出去，周围终于静下来。

只剩耳边胸腔稳沉的跳动声，花音这才回味起他刚刚的话，红着脸想从陆沉年怀里起来，他却压着她，声音有些异样："让我靠会儿。"

花音心里一惊："他们不是你的人吗？"

"不是。"陆沉年答得简单。

花音却更不信了："那为什么忽然出现在这里？"

"是我安排的人……"

"你的人为什么伤你？"花音气结。

陆沉年却似乎并不怎么在意，转而紧盯着怀里的人："刀子已经飞出去了，想的就不该是为什么有刀子，而是怎么应对。"

陆沉年话间似乎已经有些不稳，暗器一般都是淬着毒的吧，花音感受着肩上越来越沉的重量，心脏似乎漏了一拍。

"陆沉年，陆沉年！"

可是耳边只剩风吹树叶声。

花音找了棵树将他放下来。陆沉年细密的睫毛在眼下洒下一道阴影，每一处都俊美如同雕刻。她听着自己的心跳，忽然很想看他的眼睛。

墨色瞳仁里倒映着小小的她。

花音回过神来，微微一惊，现在不是杀他正好的机会吗？为什么刚刚想的居然是……

她从怀里掏出花穆给她的药瓶，里面只剩一粒药了，那是她的续命药，解天下百毒，独独化不了她身上的毒。

她本来是花家掌心宝，明明可以无忧虑地享尽人生，却自小想像哥哥们一样，做一个合格的杀手。

所以生性顽皮，飞天窜地，也曾掉进过冬天冰凉的湖水里，好在被救，却觉得大难不死必有后福。

可下一次，便被仇家下了毒。他们说，一月之内，必死无疑。

他们找不到下药的人，花音便靠着这续命丹多活了两月，可是，来这里之前，她就知道自己没有办法再挺那么久了。

人生有很多遗憾，她想少留几个，便求着花穆，她知道的，花穆一定会答应的。

她握着空空的瓶子，嘴角扬着笑意，大哥你看，清秋山庄一行，果然已经没有那么多遗憾了。

六、自然不会放过她

灯火闪闪，陆沉年从床上悠悠转醒，睁眼便看见了坐在床边打着瞌睡的花音，看不见那双盈盈眼眸，却能细数她睫毛上的水珠，樱唇微张，一副供人采撷的样子。

他紧了紧喉咙，哑然失笑，是吓到她了吗？

花音微微睁开眼，陆沉年却不在床上，她慌忙地回过头，却见找的人正坐在桌前，燃灯煮茶。

披着件外衣，白色的内衬领口微敞。

花音移开目光，有些艰难地开口："你……醒了？"

这是问题吗？花音问完才知道，赶紧改口，抱拳赔罪："少主，我实在是无能，没有保护好你，还害你受伤……"

陆沉年抿了口茶水润了润喉咙："过来。"

　　花音抬眸看他，缓慢挪着步子走过去，目光不经意地落在陆沉年的腿上，忽然想起什么："少主我给你拿套被褥吧！"

　　手腕却被一双温热的大掌捉住，花音瞬间想到他救她时这双手落在自己腰上的触感，脸红伴着他稳沉的声音："比起侍卫，你好像更在意我的生活起居。"

　　花音被他扯着坐下来，极其不满地嘟哝着："我就是怕你的腿……"

　　花音以为陆沉年会介意这个话题，却没想到他忽然露出笑意，目光沉沉地看向她："你觉得，我这腿是怎么回事呢？"

　　花音想了想："少主管着江湖第一庄清秋山庄，应该会遭很多人暗算吧……难不成……"

　　陆沉年晃着茶杯："我也想那样气势恢宏，可是大概终究不适合江湖，只能小玩小闹。"

　　花音侧头，听着他继续说着："一年前走访临城，在隆冬下水救了一个小姑娘，反倒被咬了一口。"

　　花音生生地怔住了，那个时候将自己从湖里救出来的人，是他？

　　她隐隐记得，当时因为害怕，混乱中的确照着那人刺了一刀，刀子是有毒的，又是隆冬的湖水，所以这是那个时候的后遗症？

　　她想起他玩笑着说的，能坐着为什么要站着，其实因为疼吧。

　　花音喉咙发干，忍着胸腔剧烈地起伏。

　　不管是谁排的杀手任务，事到如今，花音到死也动不了手了。

　　她忍不住眼眶的酸意，看着陆沉年，过了好半天才说出话来：

"那你会恨她吗？"

陆沉年沉了片刻，缓缓开口，似是玩味，却带着余味："自然不会放过她。"

七、花音，跟我在一起，你不会死的

花音从陆沉年的房里出来，绕了很远的路。抬起头看着沉沉月色，起身飞到屋顶，这是她第一次见到陆沉年的地方，似乎才短短一个月而已。

却是她多活下来的一个月。

熟悉的味道拢过来，花音终于忍不住酸涩，扑进花穆的怀里。

"大哥……"

花穆何时见过自家小妹这副模样，心里似乎是被绞着的，他揉了她的头："本来觉得杀不杀他无所谓了，但现在看来，还是由我来亲自下手。"

花音紧紧攥着花穆的袖子，小声抽泣着："大哥，我们还是走吧，不杀他好不好……"

花穆回头，眸光沉了几分，叹了一口气："那走吧，大哥带你回家。"

花音回头看了眼这占了半座山腰的山庄，咬着唇："嗯。"

反正以后也见不到了不是？

可没想到，以后这么短。十天后的武林大会上，她本来是想着去看他最后一眼，而他却好像是等在那里的。

一身素白衣袍，颀长而立。

隔着春风，看着她。

花音也不躲，看着他眼里浓得化不开的墨："少主，你信天意吗？"

陆沉年长腿微迈，三步走过来，握了花音的手，声音透着笑意："不是天意，是人定。"

花音心里一惊，摊开他握过的手心，那是一方帕子，一角绣着绿桑，她抬眼，已经泪光闪闪："你知道我是花家派来杀你的？"

陆沉年但笑不语，否则，那十年的粗枝怎么会说断就断呢？

"那你也知道你的腿是我刺伤的，"眼泪已经漫了出来，"你明知道我是凶手，为什么还……"

话音来不及说完，陆沉年便俯过身来，温热的唇堵了她的嘴。

花音瞬间便红了脸，陆沉年辗转在她唇上悠长地吐息。

"还跑吗？"

眼泪落下来，花音声音有些哽咽，手抵着他的胸口："我不想跑，也不想死。"

陆沉年稍稍离开些距离，握着她的指尖轻轻揉搓，声音带着淡淡的蛊惑："那就不跑也不死。"

可是……

"花音，跟我在一起，你不会死的。"

八、冠了夫姓，便是陆花音了

花音躲在陆沉年的身后，只敢露出声音："大哥，我想好了，还能活多久，便在这里多久。"

花穆叹了口气，凌厉的目光落在陆沉年的身上，这个人似乎比他想的要厉害得多，甚至前些天才查出来，派杀手取他性命的，居然是他自己。

花穆立马就明白了，他目光落在花音身上，她身上大概从来都没有什么毒，毕竟当年说她中毒的人和给他们解毒丸的人，再查出来，也都是陆沉年的人。

他也曾怀疑过，可如今看来，陆沉年要的，大概只是一个她而已。

花穆压着声音，满满的宠溺："要是受欺负了，便回来。

花音点头，看着花穆离开的背影，眼睛红红的。

陆沉年等了片刻，估摸着她的情绪也到位了，随即将她扯进怀里，声音漫过一丝危险的气息："陆花音，记住，你能回的，只有我这里。"

花音脸红，低头嘟哝着："我不叫陆花音，我就叫花音。"

"冠了夫姓，便是陆花音了。"

陆沉年一把抱起她，步履稳健，往房里走去。四月的春风撩起心头的暖意，陆花音，你让我等得太久了。

在劫难逃

＼

杨惜初不否认，铄石流金，她却对一阵风动了心。

一

杨惜初第一次见到陈银生的时候，正坐在他的办公室捧着一本《金瓶梅》，刚好前段时间翟飞飞私下里开了个自媒体播客，专门在夜深人静给那些充满激情的少男少女声情并茂地朗诵这本书。

所以，杨惜初捧着这本自带声音的书，正笑得一脸猥琐。

陈银生就是在这个时候推门进来的，西装革履，干净好看的眉眼，目光落在她手中的书上，脸上却没有丝毫表情。

杨惜初愣了愣，猜到他是谁后，立马尿了起来，手中的书拿也不是，放也不是，硬着头皮喊了声："行长好。"随即又想起自己还没有报明身份，支支吾吾地补充，"我是……那个……杨惜初。"

"我知道。"陈银生淡淡地应了声，将手里的文件递过来，"具体的事情周经理应该跟你说了，没什么问题就在实习协议上签个字。"

7月躁动的空气里，陈银生温润好听的声音像一阵清凉的风，撩起湖面层层涟漪，凉凉地吹进了心里。杨惜初回了神，慌忙将手里的书放下，尴尬地朝着陈银生笑了笑，飞快地翻开最后一面，在笔走龙蛇的陈银生三个字旁边签上了自己的名字，歪歪扭扭——杨惜初。

杨惜初也不知道，明明自己练过的字数量上已经超过一本《金瓶梅》了，为什么字还能丑成这个样子，不过翟飞飞说得对，字丑没关系，又不影响你长得美。

她双手捧着协议书递给陈银生。陈银生接过来，淡淡地瞥了眼，嘴角露出一个意味不明的弧度，却没有再说话。

这份实习工作是周叔帮她找的。周叔是青城青和银行工会主席，只是打了声招呼，便被人事部经理安排到了这里，听说是最有潜力的一个支行。来之前周叔对她说："陈银生那个人很不错，说起来还是你学长，刚好比你大三届，现在算得上我们银行最年轻有能力的支行行长了，你跟着他要好好表现。"

本来还想攀个校友关系的，可现在看来，这第一眼的表现，怕是亲友也不一定能力挽狂澜。

晚上回到和翟飞飞合租的房子里，贴着面膜的翟飞飞迅速地从床上爬起来，口齿不清："怎么样，银行帅哥多吗？"

杨惜初实话实说："多。"

翟飞飞来劲了："哎，那有没有看上眼的？赶紧的啊！要不白长了这么美的一张脸了。"

杨惜初倒在床上，有气无力地说道："不要，我还只是个孩子……"

翟飞飞一个枕头砸过去："你他妈的是个哪吒吗，长了二十年还是个孩子！"

杨惜初白了她一眼，说起来，罪魁祸首还不是她！

她抱着枕头看着窗外，夜色如水，二十四楼的月亮又大又圆，陈银生，她想，怎么刚好他进来，就会起风了呢。

耳边似乎还萦绕着他温润的声音，似乎在哪里听过，大概是梦里吧。杨惜初呆呆地笑起来。

可是，那样的陈银生对她来说，就像经常和翟飞飞一起在小房子里吃泡面的时候，看着包装上印有图片仅供参考字样的图片一样，再好，也只能看看而已。

杨惜初不否认，铄石流金，她却对一阵风动了心。

二

　　杨惜初再见到陈银生是在一个星期后。

　　下班的时候忽然下起了雨。她站在银行门口，没有带伞，翟飞飞的电话也打不通，正打算一鼓作气跑到对面公交站，一辆黑色的车却忽然停在了面前。

　　陈银生摇下车窗，看着一脸滞愣的杨惜初，淡淡开口："住哪儿，我送你。"

　　杨惜初当然知道不合适，脑海里迅速闪过一万种他们坐在一起时无比尴尬的场面，自然地拒绝道："不用了，等雨小点儿我就坐公交回去，不远。"

　　看陈银生没反应，杨惜初又说了句："放心吧，我可以跑着穿过雨和雨的缝隙。"

　　可陈银生并不是和她商量要不要我送你的表情，看了她一眼，目光移向前方："上来。"

　　杨惜初心里一万只鹿奔腾而过。

　　傍晚，华灯初上，城市的灯火随着奔驰的车迅速向后退去，红灯亮起，车子慢慢停在人行道边，杨惜初怯怯地微偏着头看过去。陈银生穿着件米白色的衬衫，袖口随意地挽上来，一手执着方向盘，另一手靠在车窗上支着下巴，窗外的霓虹灯闪着光洒在他青筋微露的小手臂上，变换着鱼鳞似的光斑。

杨惜初很没骨气地数着自己的心跳，陈银生忽然开口的时候，心跳漏了一拍。

"怎么样？"

"啊？"

陈银生看了她一眼，发动车子："一个星期了吧，看你每天跑大堂跑得挺开心的。"

杨惜初心里的一万只小鹿重又奔腾起来，要是一开始知道所谓的实习是站大堂微笑，打死她也不会来。她强忍着内心的汹涌澎湃："啊，哈哈，为人民服务嘛。"

长久的沉默，杨惜初的尴尬如鲠在喉。

"是这条路吗？"陈银生忽然开口。

杨惜初如遇大赦地看着前面："嗯嗯，是，前面那个公交站下就可以了。"

车缓缓停在了路边，雨也已经停了下来，杨惜初解开安全带，笑嘻嘻地说道："谢谢行长，那我就先走了，晚安哦。"打开车门下车后本来想乖乖地目送他离开，可是他似乎并没有要走的意思。

果然，他从另一侧下了车："我送送你。"

杨惜初觉得此刻的拒绝完全是装，只有更加装傻道："啊，谢谢行长，那就带你看看你手下员工每天看到的风景吧。"

杨惜初住在小区最里面的一栋楼，新建的房子，路都没来得及修好，踩着细软的黄沙，周围都是在建的工程，水泥钢筋木板散落满地。杨惜初有些后悔，应该带他出去走走的，好歹小区对面还有好大一片湖，算得上这座城市的一处美景，而不是此刻感受着对面的湖风，却挡不住漫天飞扬的黄沙。

一阵腥凉的味道飘过来，杨惜初突然拉起陈银生的手："行长，快跑。"

陈银生有些莫名其妙，跟着杨惜初的步子，停下来的时候看着抚着胸口喘息有些调皮的杨惜初，有些好笑。

杨惜初看着陈银生，想起刚刚突然拉起的，又不知道什么时候放下的手，脸突然就红了，支支吾吾地说道："那个，这里路没修好，动不动就风卷狂沙，所以……"似乎是又想起了什么，接着说道，"那个，你就送我到这里吧。这路也不好走，待会儿又是要掀起一层沙……你要跑快点儿出去了。"

陈银生看着她："是你拉我进来的。"

杨惜初抬头对上了他的眼睛，黝黑的双眸让杨惜初心里一沉，仿佛要陷入这无止境的深渊。她一时微怔，说不出话来。

"杨惜初，你拉我进来的，就不能推卸责任了。"

杨惜初向来脑回路直来直去，此刻似乎也是听出来这话里的不同寻常，可是却又不明白这到底是什么意思。

陈银生轻笑了一声："好了，早点儿回去休息吧，这里也挺不安全的。"

杨惜初呆呆道："嗯，好，行长再见。"

"嗯。"

　　她看着陈银生离开的背影，脸依旧红成一片，四周静得只剩下自己扑通扑通的心跳。她抬头看了看头顶稀疏的星星，也许自己本来就到了一个容易动心的年纪，特别对于自己这种二十年没谈过一次恋爱的人来说，就更不会轻易放过一丁点儿风吹草动了。

　　她拍了拍自己的脸，回去又是一顿"图片仅供参考"的泡面了，可是，这并不妨碍自己如狼似虎的食欲啊。

　　进门的时候，翟飞飞又扒过来，一脸审判地看着她："他是谁？"

　　杨惜初放下包，欲加掩饰："你要不要跟正室抓小三一样……"

　　翟飞飞却义正词严："现在女人那么多，掰弯一个是一个，好歹造福一下男同胞！"

　　"明明是男的多好吗？"

　　翟飞飞却不管不顾地缠过来，杨惜初有些抵不住，举手投降："就是我们行长，今天下雨没带伞，又找不见你，他就送我回来了啊，又没别的什么！"

　　翟飞飞却不置可否。

　　晚上躺在床上，迷糊间，杨惜初似乎听得翟飞飞忽然说道："惜初，你就是太单纯了，那个行长年轻多金，长得又帅，追他的人肯定从这里排到了菲律宾，他为什么要泡你一个人穷酸大学生？"

　　回答她的，只有杨惜初绵长的呼吸，和瓷白的月光下微扬的嘴角。

三

　　杨惜初一直以为实习着这样过过就可以了，却没想到，除了每天微笑着点头哈腰，反反复复地重复着"您好，请问您需要办什么业务"之外，还会遇到这么麻烦的事。

　　一个晃着大金圈耳环踩着十二厘米细长的高跟鞋的女人此刻正趾高气扬地站在她的面前，声音尖锐刺耳："你们这银行取款机究竟是怎么的，取个钱扣了钱却不出钱，你们就是这么干的？"

　　以前这种事都是关越处理的，可今天他刚好休息，别的值班经理又巴不得撇开这种麻烦，杨惜初只有赔着笑："不好意思啊，这个是网络滞留问题，您稍等一会儿钱会退到您的卡上。"

　　可那女人却油盐不进："你说退就退！要是没退怎么办，你赔得起吗？"

　　杨惜初咬着牙，依旧保持笑意："对不起，这种情况只能是这样子处理了。"

　　"对不起有屁用啊！"女人忽然抓住她，"你工号是多少，我要投诉你！"

　　杨惜初踉跄着往后退了两步："对不起，我只是实习生，没有工号……"

　　女人听完似乎更来劲了："实习生！你们银行就是拿一个实习生来敷衍我的？一个实习生你说的话算个屁啊！你们领导在哪里，叫他过来！"

杨惜初没有说话，女人却忽然掏出手机："你们这个态度，是要坐牢的，我要拍下你，人证物证，你可别想有好果子吃！"

杨惜初想伸手挡住自己的脸，那女人却一把抓住她的胳膊，挣脱间一个趔趄，她差点儿倒在地上。

可闭上眼睛时，却落入了一个温暖的怀抱，淡淡的香味如细丝般缠绕着鼻翼。

低沉的声音从头顶传来："保安，过来处理一下。"

杨惜初来不及抬头，便被陈银生护着离开了。

这还是她第一次来陈银生的办公室，简洁大方，仅此而已，除了两排格外显眼的书架，以及后面一个小型阅览室一样的构造，还真的是没什么了。杨惜初脑袋里忽然闪现出翟飞飞的话，这样的喜好，不是装就是个性冷漠。

现在看来，翟飞飞的话还是很有道理的，她努力低着头咬着牙不让自己笑出来，脸上却忽然一凉。

杨惜初猛地抬起头，陈银生正坐在一旁，拿着棉签轻轻擦拭着她的脸颊。

"你倒是还挺开心的。"陈银生将创可贴贴在她的伤口处。

杨惜初这才意识到刚刚可能被刮破了脸，她忽然觉得自己并没有处理好这件事，抿了抿唇，问道："作为一个员工，这件事我是不是没有处理好……会不会被开除啊？"

陈银生将医药箱收起来，瞥了她一眼，缓缓说道："没什么处理得好不好的问题，她伤了你，是她的问题。"

杨惜初呆呆地看着他，微红了耳根，一时说不出话来。

陈银生绕过书架走过来，递给她一本书："我还有些事，你下午就在这里休息吧，晚上我送你回去。"

杨惜初觉得实在是有些小题大做了，况且自己就是站个大堂而已，急忙说道："其实没事的，就伤了个脸嘛，完全不影响我那……工作的……"

陈银生淡淡地看了她一眼："脸上有伤太丑，影响到客户的心情。"

杨惜初没来得及反驳的话，被一扇门关在了里面，她低头看了看陈银生刚刚给她的书——《金瓶梅》！

还是完整无删减原版……

那一晚车子停在小区门口，杨惜初却没有如临大敌一样急着逃走，她看了看陈银生，似乎鼓足了勇气，问道："要不要下来转转？"似乎是觉得又有些唐突，补充道，"那边有片湖风景挺好的。"

陈银生深深地看了她一眼，解了安全带。

两人沿着河边缓缓地走着，夏日的傍晚，偶尔有风吹过来，三三两两的情侣牵着手走过来，手里拿着冰激凌，笑靥如花。

杨惜初看着他们，有些脸红。可是，明明是自己邀请陈银生过来的，此刻又不知道说些什么。

陈银生忽然停下来，杨惜初回头看他，夕阳的余晖洒在他的侧脸上，睫毛洒下长长的阴影，西装笔挺的他站在冰激凌贩卖机前，却像极了会追着公车的少年，他拿着一支甜筒，转身向她走来。

杨惜初看着他，这个人，一定在哪里见过，所以忽然之间，心上全是他的影子。

陈银生看着呆呆的她，将冰激凌递到她的唇边："看够了没？"

冰凉的触感瞬间麻痹了神经，杨惜初尖叫起来，舔了舔唇："陈银生！"转眼又羞红了脸，刚刚好像喊了什么不得了的名字。

谁知陈银生居然淡淡地应了一声："我在。"

杨惜初窘迫地接过冰激凌，靠在栏杆上。湖面氤氲着淡橘色，风一吹，便吹皱了一池春水，冰凉的甜腻在舌尖化开，她有些尴尬地扯着话题："你为什么要买草莓味的冰激凌……"

陈银生忽然笑了起来："是吗，不是樱花味？"

"明明是草莓啊！"

"你再尝尝？"

杨惜初伸出舌尖又舔了一口，味觉神经没来得及打开，陈银生的脸却忽然放大在她眼前，唇与唇隔着一厘米的距离。

她瞪大了眼睛，心跳似乎在这一刻停了下来，陈银生却忽然勾起嘴角微微一笑，偏过头，隔着那层薄薄的创可贴，吻上了她的脸颊。

　　风里忽然没了湖水的味道，扑面而来的，是温暖清甜的香味。杨惜初觉得，陈银生那长得过分的睫毛，绒绒的，像扫在她的心上。

　　陈银生笑了起来，低沉的声音像是咒语一般在耳边萦绕着："杨惜初，你怎么这么笨！"

四

　　一切似乎从那天开始便往着奇怪的方向走去，杨惜初的工作从站大堂变成了专门给陈银生端茶送水的杂工，偏偏在自己胆战心惊不明不白地望着他的时候，陈银生却依旧云淡风轻若无其事地做着自己的事。

　　整整一上午，杨惜初心事重重地站在叫号机旁边。关越走过来，语气带着探究："我听说你昨天……哎呀，这个事也没什么大不了的，见多了就都那样了……别影响自己心情！"

　　杨惜初淡淡地应着，并没有听清楚她在说什么。关越见她依旧不怎么雀跃，又说道："要不中午我请你吃饭吧！"

　　杨惜初下意识地点了点头。

　　陈银生却不知道什么时候出现在大堂里，路过的时候，冷冷地丢下一句："杨惜初中午吃饭前到我办公室来一趟。"

　　杨惜初看着他的背影，又听见了胸腔里不安分的声音。

　　吃饭前，杨惜初站在陈银生办公室的门口，犹豫着要不要进去，门却自己开了，陈银生站在里面。杨惜初尴尬地笑着打招呼："嗨，行长，中午好。"

陈银生转身去拿衣架上的外套，意味不明地看着她脸上的创可贴，缓了一会儿才说道："我以为昨天已经很清楚，以后可以叫我陈银生了。"

杨惜初怔在原地，脸上瞬间染上一片红晕，还没反应过来他话里的意思，谁知陈银生又走过来，顺理成章地抓住她的手，拖着她往外走去。

温热的触感从指间丝丝缕缕蔓延至全身，缠绕着心尖，那双她曾经偷偷看了无数次的手，那双修长好看的手，此刻正握着她的手。没有十指紧扣，倒像是珍视般轻轻握着她手指的第二个关节。

外面是整个银行的工作人员，他就这样毫不避讳地拉着她的手，哪怕是迟钝如她，也不得不明白。

那一刻杨惜初看着他后脑勺微翘的头发，她想，他拉着她，不管是哪儿，她都去。

哪怕是要去菲律宾排队。

可后来杨惜初才明白，有时候明明为了一个人愿意有与全世界为敌的勇气，到头来才会发现，始终都只是自己一个人的独角戏而已。

晚上陈银生送杨惜初回去，昏黄的路灯下，还可以看到空气里肆意飞舞的尘土。杨惜初微微出了神。

"惜初？"陈银生温柔的声音响起。

杨惜初听见了，可是那样温柔地唤着她名字的声音，她想多听几次。

"陈银生。"杨惜初忽然看着他的眼睛。

"嗯。"

杨惜初却没有接着说下去，她笑了笑："谢谢你啊，晚安……"

五

接下来的一个星期，陈银生出差去了。

走的时候，他说："等我回来，带你去一个地方。"

杨惜初点头，却说了再见。

陈银生似乎看出了她有些不对劲，却也没有多想。他轻轻摸了摸她的头，转身离开。

杨惜初坐在二十四楼的飘窗上看着城市的万家灯火，翟飞飞走过来："真的要走了？"

杨惜初没有说话。

翟飞飞叹了一口气："难得你动一次情，没想到却是个有妇之夫。你是不是眼瞎啊？"

是关越告诉她的，那一天她和陈银生吃饭回来，整个银行都眼神怪异地看着她,她问了关越才知道,原来陈银生是有未婚妻的。

听说他们郎才女貌,他很爱她。

杨惜初笑了笑,可是有什么办法呢,第一次看见他她就知道,在他面前她注定是在劫难逃,可如今也只能临阵脱逃。

她甚至都不敢质问他。

就像那天他送她回来,她看着路灯下的灰尘,心想它们一定不要落在你的衣服上,怕它们弄脏了你,怕它们落在你的身上,就再也回不去了。

所以,她只能说了再见,就再也不见。

回去的时候她给周叔打了电话,说学校有点儿事情,实习可能要提前走了。周叔简单地问了些工作体验也没有多说什么,大概是以为她做不来而已。

日子又回到了以前的样子,杨惜初在学校准备着毕业论文的事情,翟飞飞还一心投在学校的电台里。

只是偶尔会想到陈银生,但也仅此而已。

电台里组织十周年庆典的时候,杨惜初本来不想去的,可是挨不过翟飞飞的死缠烂打,她作为上一届的电台台长坐在嘉宾席,看着台上无聊的节目。

翟飞飞忽然靠过来,一脸迟疑地说:"惜初,有件事想了想,还是要告诉你。"

杨惜初看她。

"那个陈银生，是我们校友你知道吧……"翟飞飞努力地捕捉的杨惜初的表情，"他还是，我们电台上上届的台长……"

杨惜初心跳忽然一滞，所以真的是他？

她记得大一刚来的时候，每一个孤独想家的夜晚都是听着那个声音入睡的，那个时候她想，自己大概是爱上了这个声音。

所以她才进了电台，认识了翟飞飞。

可是却再也没有听到过那个声音。

翟飞飞看着她的微表情，接着说道："听副台长说，虽然那个时候他离开了电台，可是，你的很多节目，都是他专程为你打造的，比如那个情书栏目，每周一封情书，那些稿子，都是他亲自写的……"

杨惜初觉得有什么东西卡在喉咙里，费了好大的力气才忍住鼻头的酸涩。原来啊，陈银生，你曾说过那么多的爱我，可终究抵不过错过。

她笑着，声音哽咽："可是……那又怎么样呢……"

翟飞飞顿了一下，欲言又止："还有就是……"

没说完的话被一阵掌声打断，她看向台上，所有的聚光灯聚拢到一处，光眼处的那个人，他西装革履、眉眼明朗，他站在那群少年中间，凝聚了所有的光。

主持人站在旁边介绍道："这是我们第七届台长，陈银生，作为今天的特邀嘉宾，下面有请他来为这次活动做总结！"

杨惜初看着他，上一秒还在脑海里浮现的轮廓，此刻却真真切切地出现在眼前。

她像一个贪婪的小孩儿，明明知道不是自己的糖，却依旧眼巴巴地望着。

他的一举一动，她都不想错过。

简单发言后，主持人忽然问道："我听说学长现在已经是事业有成，不知道人生的另一半……"

陈银生低头笑了笑："我已经有了未婚妻。"

全场一片哀叹，杨惜初坐在底下，紧紧地攥着手，指甲似乎都要嵌进肉里。

"不知道今天这十周年庆是不是有幸能听听学长的故事！"

闷热幽闭的会场一片寂静，陈银生的声音如同一阵清凉的风："没什么特别的，所有的故事从头到尾，也不过，我爱她。"

杨惜初眼睛酸涩，她似乎能感觉到他的目光有意无意地掠过她，却始终没有在她身上停留。

一片惊讶的声音之后，陈银生才又开口："我等了这么久，好不容易抓住她，却又被她跑了……不过，她很笨，签了一份假的实习协议，拿不到实习学分就没办法毕业了吧。"

"假的协议？"主持人似乎有些听不懂了。

陈银生笑起来："那是她答应做我未婚妻的约定书。"

杨惜初忽然有种窒息的感觉，翟飞飞在旁边推了推她的胳膊，一脸震惊："惜初，我怎么，觉得……他说的……是你啊……"

庆典结束后，散场的人群汹涌着退场。

杨惜初在拥挤的人群里，看着那束光，逆着人流往那里走去，却被越推越远，直道那束光忽然熄灭，人群渐渐散去，她却怔在原地，陈银生，你在哪儿呢？

翟飞飞推了推她的头："杨惜初，人家年轻多金，长得又帅，追他的人从这里排到了菲律宾，可人家却当着这么多后生的面说要泡你，你赶紧打个电话找啊！"

杨惜初慌忙地拿出手机，不知道什么时候已经熟稔于心的数字跃然屏幕上。

空气里浮动着的细小微尘，在光束里在劫难逃。

电话被接起来，陈银生的声音却在身后响起来。

回过头，灯光亮起，他站在聚光灯下，拿着电话，像是穿过了漫长的岁月和无尽的山野，他的声音轻轻落在耳郭："我在这里，要过来吗？"

杨惜初用力地点头，眼泪却流了下来。

她说："我一定会过去的，跑着过去。"

图书在版编目（CIP）数据

春风集·我愿人长久 / 打伞的蘑菇著. --石家庄:花山文艺出版社,2017.1 (2020.1重印)
ISBN 978-7-5511-3217-6

Ⅰ.①春… Ⅱ.①打…Ⅲ.①短篇小说－小说集－中国－当代 Ⅳ.①I247.7

中国版本图书馆CIP数据核字(2017)第005911号

书　　名：	春风集·我愿人长久
著　　者：	打伞的蘑菇
策划统筹：	张采鑫
特约编辑：	层　楼　雪　人
责任编辑：	郝卫国
责任校对：	齐　欣
美术编辑：	胡彤亮
封面设计：	刘　艳
封面摄影：	小可Loco
内文设计：	孙欣瑞
出版发行：	花山文艺出版社（邮政编码：050061）
	（河北省石家庄市友谊北大街330号）
销售热线：	0311-88643221/29/35/26
传　　真：	0311-88643225
印　　刷：	三河市华东印刷有限公司
经　　销：	新华书店
开　　本：	880×1230　1/32
印　　张：	8
字　　数：	154千字
版　　次：	2017年5月第1版
	2020年1月第2次印刷
书　　号：	ISBN 978-7-5511-3217-6
定　　价：	35.00元